獻給所有在人生道上
一路行來不停步的朋友。

# 目錄

附錄

# 序

## 半生緣——金聖華與林青霞相知相惜十八年

白先勇

人世間人與人相識相知，相生相剋，全在一個緣字。有的是善緣，有的是惡緣、孽緣。金聖華與林青霞相交來往十八年，絕對是一段善緣。一個是法國巴黎大學的文學博士，香港中文大學翻譯系系主任，大半輩子側身於學術界，是翻譯界的名教授。另一個是曾經演過一百部電影，紅遍華人世界的大明星，前半生縱橫於演藝圈二十餘年，結交的大多是一顆顆閃亮的星星。這兩位女士在截然不同的領域，不同的世界生長發跡，是一種甚麼緣份讓她們在後半生的某一點上，兩人的命運突然交結，踏入了彼此的生命中。金聖華與林青霞，相交的一段故事，就像一部溫馨的文藝片，細細的透着一股暖意芬芳。

我們說「千里姻緣一線牽」指的男女之情，其實摯友之間的因緣也是靠着一根無形的線千迴萬轉把兩人繫在一起。金聖華最近寫了一連串二十三篇文章，總集名為《談心》，把她跟林青霞兩人十八年的情誼從頭說起。附錄第一篇〈都是小酒館的緣故〉。一九七三年，金聖華剛出道，任教於中文大學翻譯系，當時美國駐香港新聞處，正在翻譯一系列美國經典文學，推向港台及東南亞的華人世界，許多名家都參與這個翻譯計劃：張愛玲、余光中、喬志高、夏濟安。金聖華被派到的是一

二〇一八年作者與白先勇合影

本奇書 *The Ballad of the Sad Café*，美國著名南方作者卡森・麥克勒絲所著，這是一本人情怪誕的中篇小說。金聖華書名譯為《小酒館的悲歌》，麥克勒絲以寫怪異人物著名，她的成名作 *The Heart is a Lonely Hunter*（心是孤獨的獵狩者），描敘一對聾啞同志情侶的悲劇故事。《小酒館的悲歌》於一九六三年改編為舞台劇，在百老匯上演，一九九一年改編為電影，Vanessa Redgrave 主演，獲三項金像獎，但這本翻譯小說，在海外華人世界讀者不多，香港的書店裏也只剩下幾本孤本。誰知有一位移居美國加州的前香港影劇記者張樂樂手上卻有一本《小酒館的悲歌》。張樂樂很欣賞這部中篇小說的譯筆，認為流暢生動，主動跟譯者金聖華聯絡，而且兩人一九九三年在美國加州會面，從此多年保持聯繫，成為筆友。

二〇〇三年張樂樂返港，從前她在港跑電影圈與大明星林青霞、張國榮稔熟，這次張樂樂做了一件功德無量的事：把金聖華跟林青霞拉攏在一起，成就了一段相知相惜，不棄不離十八年的友誼。林青霞年輕時學業不順，中學沒有唸到好學校，大學也沒有考上，林青霞終身引以為憾。其實這是天意，上天要造就一顆熠熠發光的天王巨星，故意不讓她走一般人循規蹈矩的路途。直到她拍過一百部片子，退出影壇後，林青霞青年時期埋伏的求知欲，上進心又蠢蠢欲動，重新燃燒起來。她這時最需要的是一位有文學文化素養的老師引導她走進文藝花園。金聖華這時出現，恰逢其時，這位留學美國法國的文學博士，教了一輩子的書，沒想到卻收到了一位紅遍半邊天的明星做徒弟。

三月八日婦女節，林青霞與金聖華初次在家裏會面。金聖華如此描述：「只見她穿着一身乳白的家居服，不施脂粉，笑容滿面的迎上前來，一切都自自然然，好像相認已久的故交——就這樣，南轅北轍的兩個人，居然交上了朋友。」

林青霞這樣回憶：「見她的第一面，一身酒紅色套裝，輕盈盈走入我家大廳。她是我結交的第一位有學識，有博士銜頭又是大學教授的朋友。之前總以為這樣的人比較古板，想不到她對美是特別有追求的。良師益友用在她身上最是恰當不過的了。」

林青霞與金聖華一見如故，彼此印象深刻。是一本書《小酒館的悲歌》迂迴曲折，冥冥中把兩人牽引到一起，所以林、金兩人結的可以說是一段「書緣」。兩人雖然背景各異其實並非完全沒有淵源。金聖華受父親影響，自小愛看電影戲曲。她童年的啟蒙書竟是一本《大戲考》，她的父親金信民先生還開過一家民華影業公司。一九三九年抗戰期間，金信民傾家蕩產拍攝了一部《孔夫子》，大導演費穆執導，為的是在外族入侵的當下，激勵民族士氣，這部孔子傳便變成了經典之作。抗戰勝利，一九四八年，《孔夫子》易名《萬世師表》，在上海大光明戲院隆重上演。當時我在上海，我們全家都去觀賞這部著名電影，我深深記得顏回夭折，孔子痛悼他最心愛的弟子的那一場。那時金聖華也在上海，跟我看的很可能是同一場戲呢。

一九四九年歷史大變動，《孔夫子》電影不知所終。數十年後，二〇〇九年，香港電影資料館竟找到《孔夫子》的拷貝，並且修復。奇怪的是金聖華並不知道此事，還是林青霞發現告訴她的。從此《孔夫子》重新面世，蜚聲國內外。

既然林金兩人結交的是「書緣」，書，便變成她們心靈溝通的一座橋樑了。金聖華循循善誘，將林青霞的閱讀領域擴展到西方經典名著，她介紹毛姆、海明威、杜拉斯給林青霞，而且兩人常通電話，交換讀書心得，金聖華在〈七分書話加三分閒聊〉把林青霞求知若渴的心態神情寫得活靈活現，她們聊書籍，聊寫作、聊文化。她們常常談到俄國作家契訶夫，林青霞對契訶夫的戲劇大感興趣，她們也論到契訶夫的劇作《凡尼亞舅舅》；後來林青霞的閱讀範圍越來越寬廣，從卡夫卡的《變形記》到日本的太宰治甚至於包括東歐米蘭昆德拉的《生命中不能承受之輕》、拉丁美洲馬奎斯的《百年孤獨》。當然，林青霞對本國作家的作品也是極為關注的，她演過影射張愛玲生平的《滾滾紅塵》，並因此獲得金馬獎，她把張愛玲的著作全部啃光，而且有關張愛玲的資料，也廣為收集。她在李翰祥導的《金玉良緣紅樓夢》中飾賈寶玉，她自認為是神瑛侍者下凡，《紅樓夢》順理成章便成為她閱讀書籍中的主心骨了。關於《紅樓夢》，她有說不完的話題。二〇一四年我在台大開了一門《紅樓夢》導讀的課程，講了三個學期一百個鐘點。有一天，林青霞與金聖華恰巧在台北，兩人竟興沖沖的跑到台大來聽我講《紅樓夢》，我正講到紅樓二尤，尤二姐、尤三姐的故事，這是《紅樓夢》非常精彩的幾回，林青霞上課全神貫注。

林青霞如此鍥而不捨，拼命用功，猛K世界文學作品，她當然懷有更大的抱負與企圖心：從讀者進展成作者。在寫作上，她的「良師益友」金聖華在她身上下了最大的功夫，花了最多的心血。這十幾年來，林青霞轉向寫作，每寫完一篇文章，便傳給金聖華，林青霞寫作往往通宵達旦，一定要等到她的「良師」講評一番，讚許幾句，她才能安心入睡。她在一篇序文〈無形的鞭子〉說到，她的三本文集《窗裏窗外》、《雲去雲來》、《鏡前鏡後》都是金聖華鞭策之下完成的。林青霞「無形」的兩個字用得好，金聖華說話輕聲細語，待人溫柔體貼，但做起事來卻一絲不苟，認真對待，那根「無形的鞭子」自有其一股咄咄逼人的軟實力。

金聖華相信一個寫作者的文化素養是要緊的，〈功夫在詩外〉一節中，她引用了陸游的示兒詩。她邀林青霞一同去觀賞法國印象派的畫展，特別指出莫內兩幅名畫《陽光的效果》，《棕色的和諧》，畫魯昂大教堂的精彩處；傅聰到香港開鋼琴演奏會，金聖華又攜林青霞一同去聆聽，她與傅聰是熟朋友。二〇〇七年十月，青春版《牡丹亭》在北京國家大劇院上演，金聖華說服林青霞一同到北京去看戲，這是林青霞第一次接觸崑曲，青春版《牡丹亭》有上、中、下三本，分三晚演出，林青霞本來打算只看上本，先來試試水溫。演到〈離魂〉一折，母女生離死別，劇情哀惋，林青霞悄悄遞過一疊紙巾給金聖華，兩人感動得掉淚，因為都剛剛經歷喪母之痛，彼此間心靈上相依相扶，兩人也可以說是「患難之交」。林青霞看崑曲看得高興，那晚還包了一家北京火鍋店請青春版《牡丹亭》的小演員吃宵夜，小演員們興高彩烈，圍着她們的偶像不停發問，林青霞耐心回答，一點大明星的架子也沒有，完了還送她們一人一張簽名照片。林青霞一連看了三夜青春版《牡丹亭》，從此愛上崑曲。

金聖華將林青霞引入文化圈，結識不少大師級的人物。她們到北京去拜見季羡林，林青霞緊握季老的手，向他借度文氣。在香港，她們見到饒宗頤，饒公贈送林青霞一幅墨寶：「青澈霞光」。林青霞對這些老國師，除了敬仰外，似乎還有一份孺慕之情，她站在饒公的身後，暗暗的攙扶着他。

林青霞寫作很認真，字字斟酌，有時廢稿撒滿一地。十八年能磨出三本文集，也難為了她。那麼林青霞的文章到底有甚麼好看的地方呢？一來，她在電影圈識人甚眾，她寫電影界的朋友，深入觀察，細細說來，寫出他們人性的一面。我們對於演員明星的印象常常把銀幕上的形象與銀幕下的混淆在一起，可是林青霞卻把她的演員朋友有血有肉的寫出一個真人來。例如張國榮，林青霞與張國榮是知交，兩人合作拍過多部電影，張國榮在歌壇影視圈叱咤風雲，是天王級的人物，人們只看到他的風光，而林青霞卻看到他多愁善感，脆弱容易受傷的一面。她寫張國榮，滿懷憐惜，張國榮跳樓自殺，林青霞的傷痛久久未能平息，連她跟張國榮在文華酒店約會的地方，她都避免，生怕睹物傷情。林青霞對人、對事、總持着一份哀矜之心，所以她的文章裏常常透着一股人間溫暖。這是她的文章珍貴的地方。經過一段磨練後，林青霞的寫作越更成熟，已經抓到寫文章的竅門了。最近一篇〈高跟鞋與平底鞋〉是寫李菁，李菁出道早，十六歲與凌波演《魚美人》便選上亞洲影后，成為邵氏的當家花旦，紅極一時。林青霞見過李菁四次，這四次卻概括了李菁的一生。第一次林青霞十八歲剛演完《窗外》到越南做慈善義演，她連正眼都不敢看李菁，因為李菁當時太紅了，在眾星中，壓倒群芳，林青霞這樣形容：「我眼角的餘光只隱隱的掃到她的裙腳，粉藍雪紡裙擺隨着她的移動輕輕的飄出一波一波的浪花。」

第二次與李菁相逢是在一九七五年林青霞到香港宣傳《八百壯士》，林青霞飾楊惠敏，轟動一時，可是她還是「怯生生的沒敢望她」，沒有交談，她印象中的李菁：「一身蘋果綠，蘋果綠帽子、蘋果綠裙套裝、蘋果綠手袋、蘋果綠高跟鞋。」

李菁這時的名氣如日中天，坐的是勞士萊斯，住在山頂白加道的豪華巨宅。自此以後，數年間，李菁的星運便直往下落了。林青霞聽到許多關於李菁的消息：「她電影拍垮了」、「她男朋友去世了」、「她炒期指賠光了」、「她到處借錢」。林青霞對這位她曾經崇拜過偶像的大起大落，甚感興趣。八十年代底，她透過朋友的安排，第三次見到李菁，這次她敢正眼看李菁了：「她穿着咖啡色直條簡簡單單的襯衫，下着一條黑色簡簡單單的窄裙，配黑色簡簡單單的高跟鞋，微曲過耳的短髮，一對咖啡半圓有條紋的耳環，一如往常，單眼皮上一條眼線畫出厚厚的雙眼皮，整個人素雅得有種蕭條的美感。」

「蕭條」兩個字用得好，那年李菁四十歲，已退出影壇。此後李菁的處境每況愈下，車子房子都賣出了，最後落得借債度日，靠着老一輩的上海有錢人，無條件的定期接濟，有時連房租都付不出，林青霞的媒體朋友汪曼玲便常常接濟李菁。

二〇一八年二月，一次林青霞與汪曼玲通電話，得知李菁剛剛才打過電話給她。林青霞對李菁有好奇心，仍舊未減，希望寫出她的故事，並打算文章稿費出書版權費也給她，算是一種變相的接濟。林青霞透過汪曼玲約李菁見面，約在文華酒店大堂邊的小酒吧，一個隱密的角落。那天林青霞一進去，「第一眼看見的是，桌底下她那雙漆皮平底鞋，鞋頭閃着亮光。」李菁「穿着黑白相間橫條針織上衣，黑色偏分短髮梳得整整齊齊。」這是林青霞第四次見到李菁，這次她仔細端詳，試圖找出李菁以前的影子，只發覺「她單眼皮上那條黑眼線還是畫得那樣順。」她驚見李菁的左手臂「整條手臂粗腫得把那針織衣袖繃得緊緊的。」李菁患了乳癌，剛做完切割乳房及淋巴的手術，手臂水腫，真是貧病交加。李菁倒是很淡然，自我解嘲說：「有錢嘛穿高跟鞋，沒錢就穿平底鞋囉。」據說李菁有錢時，一間房間擺滿了高跟鞋。臨走時，林青霞貼心，把一個看不出是紅包的金色硬紙皮封套硬塞給李菁。李菁離開時，林青霞發覺：「她手上拄着拐杖，走起路來一拐一拐的，每走一步全身就像豆腐一樣，要散了似的，我愣愣的望着阿汪扶着她慢慢的踏進計程車關上車門，內心充滿無限的唏噓和感慨。」

本來林青霞還打算每月再見李菁一次，聽她說故事，每次設法不傷她尊嚴給她一個信封。可是，十天後李菁便猝死在她公寓裏，沒人發現，屍體都變了味。李菁的後事，還是電影圈的朋友湊錢幫着辦的。在一個沒有星光的夜晚，林青霞打開手機，Google 一下「李菁魚美人」，出來的李菁才十六歲，與淩波對唱黃梅調，聰明靈巧，很招人愛。林青霞「獨自哀悼，追憶她的似水年華，餘音裊裊，無限惋惜。」

林青霞這篇〈高跟鞋與平底鞋〉寫得好，既能冷眼旁觀，同時心懷悲憫，借着四次相遇，把李菁一生的起伏，不動聲色，刻劃出來；用工筆把李菁每次的穿着細細描出，衣裝由藍、綠轉成黑，由蘋果綠的高跟鞋到漆黑的平底鞋，這也就配合了李菁由絢麗到黯淡的一生。二〇二〇年，因為新冠肺炎流行，林青霞全家到澳洲農場去住了幾個月，她把我那套《細說紅樓夢》也帶去了，而且發狠勁把三大冊K完。她自稱看了這套書「茅塞頓開，文思泉湧」便開始寫〈高跟鞋與平底鞋〉，《紅樓夢》介紹人物，往往從衣着開始，觀人觀衣，衣裝顯示人物的個性處境。林青霞抓住了這點，在〈高跟鞋與平底鞋〉中靈活運用，增色不少，林青霞對於星海浮沉，當然點滴在心，她寫李菁傳，不免有物傷其類之慨，〈高跟鞋與平底鞋〉可以說是一篇電影界的「警世通言」。

金聖華在這個明星弟子身上下的功夫沒有白費，林青霞轉向寫作，心靈上有了寄託，兩人結緣真是一件大好事。

二〇二二年三月二十六日

# 序

## 交心

林青霞

第二十二篇，完結篇，金聖華剛剛傳給我，新鮮熱辣，我迫不及待的拿着手機，就着車上微弱的燈光，一顛一顛的看起文章來，車子轉進大屋，我正好看完。時間過了晚上十一點，聖華怕是在培養情緒睡覺了，每次跟她通話超過十一點，她興奮過頭就睡不好，第二天精神很差，因為我總是逗得她哈哈大笑。

「剛才在車上把第二十二篇看完了，先給你一個回應，怕你等，要不是在車上，我真想站起來向這篇文章的作者，和她筆下的林青霞敬禮。我好像在看別人的故事，那個林青霞不是我，我感覺自己沒甚麼大不了的，給你寫成這樣，但你寫的事情又沒有一件不是真的。」我衝進家門立刻回了她這個短訊。

二〇二〇年至今，八百個日子，金聖華至少七百五十天都待在家裏，足不出戶。這對我有個好處，隨時可以找到她，她接到我的電話總會把手邊的工作停下來，跟我閒聊半個至一個鐘頭，這八百個日子通了一千多個電話，有時候一天兩三通，也總是在愉快的情緒中結束。我們的朋友非常好奇，怎麼天天講還有得講？要知道，一個長期受眾人注意的人，如果能夠遇到完全可以信任的朋友，是非常珍貴的，更何況是談得來，互相給予養份的朋友。

在新冠病毒弄得大家草木皆兵、人心惶惶之際，為了安定自己的心，讀書、寫作是我們的避難所，我們每個月會交一篇文章給《明報月刊》，在交談的過程中，她決定記錄下我們相識相知的十八年。在我們相處的日子裏一句不經意的話語、一個小動作、一起拜訪大師們的經歷，經過她的生花妙筆，即刻串成一篇篇鼓舞人心的動人故事。在她的文章裏除了我們兩人的情誼，還可窺知一位位大師的風範和學識，還有一些跟故事有關的故事，讓讀者除了看見林青霞不為人知的真面目，同時也增長了見識。

聖華是位學者，可能寫慣論文，對故事的時間地點和真實性抓得非常準確，是花大功夫的，雖然過程辛苦，但精神是愉快的，在疫情加劇的槍林彈雨中，她不停的謝謝我，說是因為寫我，讓她的日子在快樂中度過。香港疫症的人數破萬時，她更是催自己盡快完成這二十二篇文章，及早交稿，結集成書，她對瞬息萬變的狀況有迫切的危機感，血壓上升到一百五十度，我勸她見招拆招，壞事不一定會發生，先把自己搞成這樣可不好，她這才定一定神，同意我的說法。我常常幽自己一默，這個按鈕屢試不爽，總能把她逗笑，她笑了我就可以安心掛電話了。

一直嚮往自己能夠成為一個文化人，看完聖華的二十二篇，原來在我跟她交往的十八年中，經她引見，不知不覺中結交了許多文化界的好朋友，是真正的好朋友呢，不是開玩笑的。驀然回首，我的大部份朋友竟然都是大作家，看樣子我一隻腳已經踏入了文化界。

《談心——與林青霞一起走過的十八年》，這個書名非常切題，我和聖華都見證了對方人生中的酸、甜、苦、辣，如果她沒有記錄下來，日子過去了，也就沒了痕跡。其實很多事我都忘記了，難為她記得那麼清楚。一個大博士肯花這麼大的心血把我的生活點滴記錄下來，豐富了我的生命，其實真正該感謝的是我。但是最重要的是，看這本書的人，能從書中得到一丁點感悟、一丁點啓發和一些知識，相信金聖華就算是再辛苦，內心必定是充滿喜悅的。

作者與林青霞合照（林青霞提供，SWKit 鄧永傑攝影）

# 一 緣起

二〇二一年三月十七日與青霞通電話，一如往常，我們天南地北，無話不談，從她給影迷團「愛林泉」講的一個笑話開始，說到今屆諾貝爾文學獎得主 Louis Gluck（格麗克）的詩學，因為那陣子，我正在用 zoom 教香港中文大學翻譯碩士班的「英譯中翻譯工作坊」，有個遠在貴州的男學生選譯了格麗克的評論，而這樣學術性的嚴肅內容，青霞居然也聽得津津有味。電話將要結束時，我對青霞說，想寫篇有關我們多年相交的文章，說着說着，覺得資料太多了，不是一篇文章可以承載得了的，她忽然建議，「何不寫成一本書？」這下，好似靈光乍現，豁然醒覺，對了，為甚麼不寫成一本書？

因此，有了寫書的動機。我們都認為，如今世界瞬息萬變，今日不知明日事，任何想法，必須得馬上坐言起行，說做就做，否則，延宕誤事，徒然留下遺憾而已！

這本書當然不是容易寫的，先得想個書名，我暫時想到的名字是：《同步綠茵上——與林青霞一起走過的十八年》。書中計劃把我們相識相交十八年以來的點點滴滴，記錄下來，作為一個見證，將林青霞如何由一個明星，蛻變為一位作家的心路歷程，如實呈現在讀者眼前。誰知道跟青霞說起，個性爽朗的她認為

「同步綠茵上」不夠突出，她說書名最好直截了當，讓人一眼就受到吸引。我說，我們多年來談天說地，話題不完，可惜「交談」這麼好的書名，早讓林文月用上了，我們商討了一下，認為那就不如用《談心》吧！

十八年前，由於友人的引薦，我們初次會晤，當時彼此之間，並沒有存在甚麼特殊的展望和期盼。友誼是在不經意中自然而然發展的，恰似一顆微小的種子，纖纖弱弱，於適當的時候，播入適當的土壤，經長年累月，在和風吹拂細雨潤澤下，逐漸發芽，成長，如今竟然綻放了一片燦爛繽紛的姹紫和嫣紅！

十八年前，青霞是洗盡鉛華的退隱明星，一位成功實業家的妻子，一個兩名稚齡孩子的母親，膝下的小女兒還是個正在學步的嬰孩。剛完成了生兒育女大任的她，意欲尋找自我在人生道上的方向。我呢？當時還是在香港中文大學全職任教，一向在學術園地裏忙於耕耘，跟外面的繁華世界，尤其是影藝圈絕少往返。

絕對想不到的是，這樣不同圈子的兩個人，驀然邂逅，在此後的人生旅程上，竟然同步向前，攜手共賞了無數怡情悅性的好風光。這些年來，我們彼此扶持，互相勉勵，無論對生命，對文學，對為人處世的看法，都有了嶄新的感悟和體會。

從相識的第二年起，青霞嘗試把內心的所思所感寫下來，而自從她第三篇文章〈小花〉開始，我就成為她的第一個讀者，眼看着她在寫作前如何全神貫注，寫作時如何廢寢忘食，寫作後如何虛心求教於各方好友，繼而從善如流，一改再改，務必要把文章改得精益求精，方才罷休。

青霞是個非常懂得感恩的人，朋友只要曾經對她出謀獻策，予以鼓勵的，哪怕只是提點一二，她都感念在心。於是，她身旁就有了一大堆高人謀士，誰是「伯樂」，誰是「老師」，誰是「知音」，她都經常掛在口邊。剛開始時，她說我是她的「繆斯」，因為只要一對我說故事，就有靈感寫文章了。其實，是她自己早已成竹在胸，不過要找另外一雙耳朵來聆聽一下罷了。日子久了，有時候她事情一忙，就會停下筆來，我在一旁替她的讀者乾着急，偶爾悄悄催促一下，她倒是挺爽快，只要輕輕一催，就又催出一篇好文章來，讓望眼欲穿的讀者和期待佳作的期刊老總特別高興。一日，她心血來潮，說我是她「無形的軟鞭」（這個稱謂，後來變成了她第三本著作序言的題目），常常會在她鬆懈的時候抽她一下。這可是十分冤枉的說法，我哪裏是做鞭子的材料？兒女都說，小時候不聽話，我哪怕作勢要體罰他們，也像搔癢似的，一點也不管用；而我當了這麼多年教師，從來也沒硬起心腸來給任何學生不及格過。因此，我這軟鞭，就算使將起來，也絕不會虎虎生威，霍霍作響的。自二〇一一年以來，青霞在繁忙的日程中，連續出版了三本散文集：《窗裏窗外》、《雲去雲來》及《鏡前鏡後》，如此亮麗的成績，主要是靠她自淬自勵，自我鞭策所致。

三年前，我曾經在深圳海天出版社，出版過一本散文集《披着蝶衣的蜜蜂》，書名的寓意，是向世界上所有勤勉不懈，追求美善，而

一九八五年作者初會楊絳

又內外兼及，表裏兼顧的女性先驅（如西蒙波娃和楊絳）及朋友致意。這些朋友，看似身披彩衣的穿花蝴蝶，實則是辛勤釀蜜的勞碌蜜蜂。林青霞絕對就是這樣一個「披着蝶衣的蜜蜂」！也許，在別人眼中，她是養尊處優，眾人供奉的蜂后，美艷不可方物；實則幹起活來，她卻是個不折不扣的工蜂，可以日以繼夜，不眠不休，只要是她自己喜愛的事情，可以做得比誰都投入，比誰都勤快！

林文月曾經說過一句名言，「別人不做我來做」，說的是一件件有意義的工作，包括學術評論，文學創作和文學翻譯。寫這本書，也是別人不做我來做，記錄下來的是一份歷久不渝的友情，一種同步追求創作的文緣，一個傳奇人物不為人知的真實面貌，以及息影巨星如何從紅毯到綠茵，在人生道上，跨界轉身，自強不息的故事。

二〇二一年三月十八日初稿

二〇二一年十月五日增訂

一九八二年作者與西蒙波娃合影於巴黎

# 二　初次會晤

作者與林青霞合影（林青霞提供，張薇攝影）

不記得那天是星期幾了，應該是個週末，否則我也不會有空。日期倒是記得清清楚楚的，二〇〇三年三月八日，婦女節！

車行在飛鵝山道上，路盤旋曲折，因為是外子 Alan 在開車，緩慢而平穩，也就感到好整以暇，否則，以當時有點好奇緊張的心情，倘若坐上飛車的士，可能會頭暈目眩一陣呢！

不久，來到一個大宅門口，核對了門牌號碼，按了喇叭，大門緩緩打開了，車子慢慢駛進院子，在屋前停下，這時候，她現身了。迎面而來的是一張含笑的素臉，毫無濃妝艷抹；一身乳白的便裝，淡雅，簡樸，倒也使人眼前一亮！

這麼多年來，曾經在街上巧遇過林青霞兩次：一次在大會堂看節目，我坐着，她在我面前施施然經過；一次在皇后大道上，等交通燈轉綠過馬路，她恰好站在身邊。即使如此，看到傳說中的天皇巨星在視線中出現，也不會不顧禮貌直勾勾盯着她瞧，因此，她真人到底是否跟上鏡一樣好看，這還是第一次打個照面。

說起來，我不算是她的影迷，根本也不是任何人的影迷。再說，她出道的時候，我們這一輩，已經度過了追星的年齡了。《窗外》這電影宣傳得沸沸揚揚時，我正忙於成家立業，哪會有閒工夫去管身外之事。然而，多年來，她那清麗脱俗的容貌，不時展現在各種媒體上；她那轟轟烈烈的銀色生涯，也是如雷貫耳，時有所聞的。因此，當朋友在電話中提起，林青霞想找個人聊聊有關文學的事，介紹她看些中英文書，不知道我可有時間否？倒是令我產生一些好感和興趣。一向很欣賞這樣有上進心的人，特別是她現在名成利就，環境優渥，在物質享受方面，可以説要風得風，要雨得雨，假如她純然以吃喝玩樂為生活目標，盡可以舒舒服服過日子，何必花時間來讀書求進，正如粵語所説，自己「攞苦嚟辛」？

那天，走進屋內，放眼一望，的確令我有些詫異。屋子很大，很寬敞，但是完全看不到預期的富麗堂皇或金碧輝煌，傢具靠牆而立，疏落有致，幾乎都是乳白色的，那麼低調，那麼沉靜，跟主人的謙遜隨和，默默呼應。接着，女主人招呼我去參觀後院，院子裏的格局，更是令人料想不到，既沒有中國庭院常見的亭台樓閣，小橋流水；也沒有歐洲宮殿式的花團錦簇，絢爛繽紛，只有碎石小徑，柳條木凳，一切依然是那麼寧謐平和，簡約素淡，使我刹那間想起了京都龍安寺中「枯山水」的石庭景觀，對了，就是那種以一砂一石砌出的禪意美感，如此澄明，如此空靈！時間彷彿凝聚在這一庭空間裏，使人渾忘了外界的煩囂和紛擾。

四周有樹，很多影影綽綽的大樹都佇立在籬牆外，如忠實的侍衛般守護着這一方淨土；不見甚麼花，心如明鏡時，原是無須凡花俗卉來點綴的。接着，我們自自然然坐在樹蔭下，木凳上，無拘無束的聊起天來。

那天到底聊了些甚麼？事隔十八年後的今天，要追憶起來，已經有點模糊了，只記得我們當時是天南地北，即興聊天而話題不斷的。其實，我們生活的圈子截然不同，年齡也有差距，怎麼一打開話匣子就滔滔不絕了呢？到現在我也弄不清楚。也許，因為我原籍浙江，她原籍山東，我們都是在台灣長大的「外省人」，隨後又因各自不同的機緣，來到了香港，嫁給了廣東人。這些年來，我們都蒙受了香港的種種福澤，因而深深愛上了這個有福地之稱的東方之珠。我們談起父母、兄長、兒女，以及生命中的點點滴滴，當然，也談到文學與創作。青霞當時顯得有點靦覥，她說，閒來喜歡看《心靈雞湯》那樣的書籍，不太看嚴肅的大塊文章。至於寫作，那是很遙遠的事，不過她也常常會把一些內心的所思所感記下來，寫在一張張紙片上，鎖在抽屜裏。她更提到，曾經有一位香港大學的洋教師教過她英語，兩人相處得很好，只是，後來老師回美國去了，她們之間的交往，也就沒有了下文。

那天，在樹蔭下，微風中，鳥鳴聲裏，我們聊了好久，青霞特別好客，從客廳中的瓶瓶罐罐裏，掏出好多從各地送來的小吃，一碟碟放在桌子上，讓我嘗嘗。也許是忙於交談，美食沒有怎麼動過，清茶倒是喝了一杯又一杯。我們聊得那麼開懷，竟然不覺得時間匆匆過去，一晃眼已經幾個鐘頭了。於是，相約以後每個週末一次，我會帶些她適合看的中英文章或書籍來探訪，在輕鬆愉快，沒有壓力的情況下，一起研究交流。

是時候告辭了，我們穿過後院，走進屋子，她一轉身拿出一大盒 GODIVA 巧克力，接着，又搬出一大本印刷精美的雜誌，不太記得內容了，似乎是有關溫莎公爵夫人珍藏珠寶的，說是要送給我。我知道她待客有道，這麼殷切，也因為我事前聲明，從來沒有上門兼差的經驗，這次破例，是為了交個朋友，絕不收費！

「東西太重了，我先替你拿着！」毫無架子的大美人體貼的說，一把將禮物拽了過去，提在手上，另一隻手挽着我，送我到前來接我回家的車邊，跟 Alan 禮貌的打個招呼。就這樣，結束了第一次的會晤。

這以後，我們又相聚了幾次，記得我曾帶上 O'Henry 耳熟能詳的短篇小說，

如 *The Gift of the Magi*、*The Last Leaf* 等跟她一起欣賞，正當一切漸上軌道的時候，香港爆發沙士瘟疫，青霞帶着兩個年幼的女兒，匆匆離港避疫去了，於是，我們這段剛剛萌芽的情誼，也就在無法預料，無可奈何的情況下，嘎然而止了！

二〇二一年十月三日

# 三 覓名師

青霞在書店前（林青霞提供）

二○○四年十二月，蘇浙同鄉會的餐桌上，坐着張樂樂、我，還有林青霞。由於料想不到的原因，促成這次聚會，而這次餐敘，把原本已經斷線的兩端，又連接在一起了。

張樂樂，一個熱心的朋友，當年曾是活躍於電影圈的娛樂記者，跟許多大明星相熟，包括張國榮、林青霞等巨星。後來嫁到美國去了，由於想念香港，時常找機會回來跟朋友敍舊。那年年底，香江才子黃霑因病逝世，十二月五日在香港大球場有場追思會，樂樂特地從加州趕回參加，在會前，這位我與青霞之間原先的穿針引線人，又把我們倆給聯繫上了。

是因為懷念黃霑，青霞發表了她的處女作〈滄海一聲笑〉，這篇文章，題目取得非常好，既是《笑傲江湖》主題曲的名字，而曲中的詞句，如「江山笑，煙雨遙，濤浪淘盡紅塵俗事知多少；清風笑，竟惹寂寥，豪情還剩了一襟晚照」，又確是填詞人一生的寫照。原來，青霞從一開始，就是為文章點題的能手，多年後，她屢次為好友江青設想書名，如《點點滴滴》、《我歌我唱》、《念念》等，這種特殊的才具，早年已有先兆。

從二○○五年開始，我們又時相過從，然不再拘泥於定時定候的相聚，而是採取隨心所欲，自由自在的方式，譬如，在半島飲茶，相約去看電影，看畫展，逛書店，聽演講等。這時候，青霞雖然已經在文壇上跨出一小步，但是仍然謹慎謙遜，抱着畢恭畢敬的態度，到處虛心求教。寫完一篇文章，她會傳給高中同學、各地友人等舊雨新知看，把就近或遠在上海、台北，甚至美國的反饋意見收集起來，悉心揣摩，不斷改進。當然，她也會向相識的文壇中人一再討教。以下，就是一些她當時搜羅所得的寫作竅門。

有一回，她向倪匡請益。飯局上，這位科幻小說達人對着大美人說：「文章只有兩種：一種好看，一種不好看。」說畢，這位可愛老頑童的圓臉，嘎嘎嘎的笑開了，就像一團綿綿的南瓜蓉。聽了這番似平凡實高妙的言論，青霞倒是銘記在心，以後無論寫甚麼，總是提醒自己，千萬不要寫得枯燥乏味悶煞人！

又有一回，青霞說，林燕妮曾經表示：「寫文章開頭跟結尾最重要，中間隨便寫寫就可以了。」那到底該怎麼起頭，怎麼結尾呢？這就是問題所在了。記得愛爾蘭裔日本作家小泉八雲好像曾經說過，寫文章，起首就像一條河，你在河道的任何一段跳入都可以。至於結尾，幾年後青霞認識了董橋，向他請教寫作之道，董說：「想在哪裏停，就在哪裏停。」這些高人的指點，對初出茅廬的新手，

一九九一年作者與倪匡合影

倒是有些諱莫如深的。

龍應台的妙訣，分為宏觀的和微觀的兩種。先說微觀的，龍告訴林：「文章寫完，要像雕塑一樣，去掉多餘的字，尤其是『我』字，千萬不要寫『我覺得』，『我很榮幸』，『我很慶幸』這樣的句子！」這個容易遵從。至於宏觀的，龍勸諭林寫作前，「最好先畫一個表格，寫上年份，事件，表達你的價值觀等等」，龍自己的文章，常以大時代為背景，富有歷史觀。那麼，青霞懷疑，自己是否得先在書齋裏埋頭苦讀若干年月，才能開始動筆呢？

張大春告訴林青霞，「寫別人沒有寫過的，自己的故事」，這倒是最適合的方式，青霞的故事，有多少人傳過，聽過，但都是道聽途說言過其實，讓當事人自己現身說法，不是最引人入勝嗎？因此，小思認為：「青霞的圈子，青霞的經驗，是旁人無法企及的」，所以該寫她圈子裏自己最熟悉的，獨一無二的經驗。

然而，材料有了，該怎麼書之成文？記得青霞曾經寫過一篇文章，請一位她在文化之旅中認識而當時身在美國的教授審閱，誰知道教授一改之下，添加了許許多多四字成語，形容詞句，乍看，還以為是哪一本教科書中的招牌抒情文，徹頭徹尾跟青霞的原作分了家。這光景，就好比一向打扮素淨的姑娘，忽然穿金戴銀，花枝招展起來，左看右看都不像她！

青霞在踏上文化之旅的初階，的確時常躬身自省，反覆思量，摸索着一條最適合的路子，她既怕自己才學不足，又恐文筆不濟，這時候，她最需要的是增強自信，盡情發揮。因此，我開始介紹一些名家的作品給她看，例如楊絳、林文月、季羨林的散文。這些大家，有一個共同點，就是「豪華落盡見真淳」，他們下筆，不在乎尋章摘句，不在乎精雕細琢，而是以最最懇摯的態度，直抒胸臆，將內心深處的所思所感，通過純真的言語，如實表達出來，因此最能觸動人心。看了這些名家的文章，青霞開始感悟，覺得非常踏實、舒坦，原來，好的文章可以這樣寫的，恰似真正美麗的人，未必需要塗脂抹粉，錦衣羅裙一般。

除此之外，我也盡量將一些在自己人生旅途上，曾經對我從事翻譯和文學創作多番提點，引領，協助，支持的前輩先驅，一一介紹給青霞，希望她也能從中得到滋養，有所裨益。

於是，就衍生了青霞與名家之間，日後種種隔空相遇，隔代求教，千里尋訪，香江會晤等文壇佳話了。

二〇二一年十月九日

"Kind hearts,
like garden flowers,
bring grace and beauty
to our world."
二〇〇五年高克毅致林青霞卡片（林青霞提供）

# 四 結奇緣

早上打開手機，看到青霞隔夜用 WhatsApp 傳來的信息，怎麼這麼多照片？再一瞧，直叫我喜出望外！終於找到了，這使人望眼欲穿的「歷史文獻」！

這是一張卡片，透明的卡紙上，印着一束束優雅的紫藍花，由片片綠葉襯着，顯得雍容高貴；花朵旁有翩翩蝴蝶在飛翔，蝶衣繽紛，閃着華光。花蝶圍繞着一串字體精美的句子：「Kind hearts, like garden flowers, bring grace and beauty to our world.」（溫婉的心靈，恰似園中的繁花，為世間帶來優雅與美善！）

這張卡片的來歷，得話說從頭。

早在二〇〇五年跟青霞再次相聚時，我就把散文大家暨翻譯界前輩高克毅（筆名喬志高）先生率先介紹給她認識。以往，每逢高先生五月二十九日生日的時候，我都會寄一張賀卡給他，上面寫滿了我班上學生的賀詞，這些學生讀了高先生翻譯的《大亨小傳》，都對他仰慕萬分。那一年，我特地請青霞跟我一起寫張卡片，遙祝高先生「生日快樂」。青霞一向最崇敬長者，當下高高興興的簽了名，還找出自己最漂亮的照片以及所主演《紅樓夢》的碟片，給高先生寄去。

當時高先生年屆九三，畢生愛侶梅卿夫人已於二〇〇三年去世，老人獨自居住在佛羅里達冬園鎮的「五月花」養老社區中，生活落寞孤寂。那一陣，我差不多每星期都打電話過去問候。一天，電話那頭傳來久已不聞的歡笑聲，老人說：「啊呀！我收到了林青霞的照片，好美！」他興沖沖接下去：「這可是我這一輩子第二次收到明星照呢！上一次是黃柳霜。」

高克毅是真正學貫中西的翻譯名家，一九一二年於美國密西根州的Ann Arbor市出世，三歲回到中國，在中國長大，於燕京大學畢業後，再回到美國，其後，一輩子從事新聞與文化工作，對於促進中美文化的交流，極有貢獻。因此，他曾經笑稱自己一生度過的，乃確確實實的「雙語生涯」，若要寫自傳，可真是「一言難盡」啊！

高先生風趣幽默，善於運用雙關語，他雖為公認的高手，卻自稱對翻譯只是個「愛美的」（amateur）玩票者而已。玩票之說，乃自謙之語，不可當真；「愛美的」卻千真萬確。高夫人美麗端莊，正如白先勇所說，「舉止間自有一份高貴嫻雅」，與高先生在一起，「真是一對令人羨慕的神仙伴侶」！然而高先生是個真正的藝術家，對一切美而善的人、事、物都衷心喜愛，他的忘年交傅建中形容得好，說他「對聰明的美女，情有獨鍾」！他確實是個賈寶玉一般的人物！

因此，當他看到曾飾演怡紅公子的美人惠賜玉照時，怎麼會不深受感動呢！更何況高先生原本就熱愛電影，早在一九二〇年代末，就開始跟兄長一起替電影雜誌撰稿了。記得那天，他在電話裏興奮的說，「照片我放在床頭了，可以常常看到。」為了回饋，他專誠去鎮裏買了一張美麗的卡片，千里迢迢的寄回香港，送贈佳人。

青霞收到卡片的當天，驚嘆的說：「這是我這輩子收到的卡片中，最美，最華麗，最不俗氣的一張！」原來這卡片很大，分為六折，可以拆開或摺疊起來，顯出多重姿采。卡片裏寫着：「Dear Brigitte, Congratulations and Thank you for all the beautiful ways you touch my life. Best wishes for lots of Happiness」，下署「George Kao, Winter Park, June 2005」。老人感謝美女以婉約的情誼，帶給他至誠的祝福，使他晚年寂寥的生活，倍添溫暖。青霞是個有心人，收到卡片之後，也珍而重之，放在床前，說是可以時常望見。因此，兩個原本陌不相識的老少，相距千重山，萬重水，就如是隔空相遇，心靈互通了！

說起來，林青霞和高克毅之間，冥冥中還真有緣份呢！先不談別的，高先生前後收到過兩位明星的玉照，一位是黃柳霜（Anna May Wong），美籍華人好萊

二十世紀八十年代作者與高克毅合影（金聖華提供）

Dear Brigitte
Congratulations
and
Thank you for all
the beautiful ways
you touch my life.
Best wishes for
lots of Happiness
MR. GEORGE KAO
1588 MAYFLOWER CT
WINTER PARK, FL 32792
U.S.A.
Winter Park, June 2005

高克毅致林青霞卡片內容（林青霞提供）

塢影星，也是第一個蜚聲國際的亞裔美籍女演員，聽說二〇二二年開始，美國鑄幣局計劃鑄造一套流通二十五美分系列硬幣，每個硬幣背後將紀念一名傑出美國女性，而黃柳霜就名列其中；林青霞更不用說，她是目前公認的巨星之一，先後拍過一百部電影，影迷層橫跨祖孫數代，盛名歷久不衰。這兩位影星的名字，放在一起，倒真是可以互相呼應：黃柳霜和林青霞，黃襯青，柳依林，霜伴霞，簡直配合得天衣無縫！

很多人也許不知道，在高先生的許多善行中，很有意思的一樁，就是當年居中安排，讓夏濟安、夏志清昆仲與陳世驤教授，在華盛頓和張愛玲初次會晤。如今，大家都對文壇才女張愛玲推崇備至，而張是因為夏志清著書力薦，才揚名於世的，因此，高先生當年的穿針引線實在居功至偉。多年後，主演《滾滾紅塵》（該劇乃以張愛玲的事跡改編而成）的林青霞，在 Covid-19 疫情嚴峻期間，閉關用功，把張愛玲的著作，狠狠的讀個遍，那段日子，她日也愛玲，夜也愛玲，對作家的生平軼事背得滾瓜爛熟，對作家的寫作風格，也摸得清清楚楚，因此使自己日後的寫作，大受裨益，她可曾憶起，這種種機緣的源頭，是來自二〇〇五年那遠在天邊，從未謀面的贈卡人？

一九九九年作者與高先生伉儷合影於美國冬園

二〇〇〇年作者與高先生伉儷合影於香港中文大學

這些年來，青霞搬了兩次家，因此許多東西都不知放置何處了。一天，說起這張最美的卡片，我們兩人都覺得丟了可惜，總得想方設法找出來。由於年長日久，還以為芳蹤難尋，誰知道，有天青霞在一個不顯眼的櫃子裏，不經意的一摸，竟然看到了這張失蹤已久的卡片，完整無瑕的呈現在眼前！真是眾裏尋他千百度，那卡卻在燈火闌珊處！

青霞一向心疼老人，她在電話裏嘆說：「這麼美的卡片，老先生當年不知道花了多少精神，在哪裏找到的？」我去過冬園拜訪高先生，知道那是一處退休社區，風景優美，但並不繁華，鎮上商舖不多，而九三高齡的他，夫人走後雖筆耕不斷，但已意興闌珊，離群索居了，日常連飯堂都不肯去光顧。為了這張卡，他必須親自開車去買，以他高雅的眼光，凡事力求完美的性格，可能得跑上好幾家店去搜尋，買到了，寫好了，還得親自去郵局寄出，梅卿不在身邊，再也沒有人在旁叮囑他小心開車！但是，值得的，一切都值得的！愛美的名士，將最美的卡片，遙寄知福惜福的美人手中，終於成就了一則讓人歷久難忘的美麗故事。

二〇二一年十月十一日

林青霞尋彩夢照片（林青霞提供，SWKit 鄧永傑攝影）

# 五　尋彩夢

人與人之間的緣份，看不見，摸不到，難以言喻，卻始終存在。有緣的，無視距離的遙遠，無涉時間的悠久，兜兜轉轉，曲曲折折，終會穿越時空，在飄渺莫測的交滙中，驀然相遇。

說起來，我和青霞結緣，源起於一本小書。這是我漫長翻譯生涯中第一本發表的作品。早在一九七三年，收到美國新聞處李如桐先生來電，邀約我為該處翻譯一本美國女作家麥克勒絲的中篇小說 *The Ballad of the Sad Café*，一九七五年全書翻完後，卻為書名的中譯煞費周章，原著中提及的 café，根本不是現代意義的咖啡館，而是美國南部一個荒涼小鎮上的小酒館；Ballad，也不是指民歌民謠，而是指三位畸戀主角之間發生的恩怨情仇，結果，幸虧有美語專家高克毅及時出手相助，不但替我審閱全稿，還提議以《小酒館的悲歌》作為書名，譯作才順利面世。假如不是這個醒目的書名，也許吸引不到讀者的垂注，那麼，某天在樓上書店一角流連的樂樂，也許就不會發現這本小書，多年後也不會因為讀了這本譯作念念不忘，而在一九九三年跟我輾轉相識，從而於二〇〇三年促成我和青霞的交往。歸根究底，三十年前種的善因，冥冥中，在三十年後結了善果。

二〇〇五年六月，高先生除了寄卡給青霞，也寄了一本特別的書給我，名為

《黑色》(*Black*)。這是由 Victoria Finlay 編寫的小書，內容涉及黑色的起源。原來根據西方古代經典中的傳說，歷史上第一種使用的繪畫顏料是黑色，這傳說，可以從各地發現的史前壁畫洞穴如法國的 Lascaux 中得到印證。我把這本印刷精美的小書給青霞看，引起了她很大的興趣。由於這書是時報出版社出版的一系列書之一，我們相信有關其他顏色的書，一定還有不少。

不久，我為了中文大學舉辦的第三屆「全球華文青年文學獎」到台灣去推廣宣傳，同時也參加余光中等學者在台北發起的「拯救國文運動」，青霞那段日子經常返台省親，探望年老的爸爸，那幾天恰好也在台北，於是，我們相約在某一晚同往誠品書店去淘寶。敦化南路的誠品總店是個二十四小時營業的不夜城，記得那天我們到達誠品時已經很晚了，店裏仍然顧客眾多，但是，全店鴉雀無聲，人人都在埋頭看書，有品位的讀者，誰也不會打擾青霞，要求她簽名或合照。我們於是可以不受干擾，興致勃勃的在書架上巡視，居然發現了紅、黃、藍、白、紫各種顏色書，當下如獲至寶。後來，青霞在二〇〇八年撰寫的〈有生命的顏色〉一文中就如是記載：「有一次我們談到顏色，她很興奮地告訴我，有幾本是專門講顏色的書，每一種顏色都有一本。後來我們在台北的誠品書店找到了。我買了兩套，一人一套，我們各自捧着自己的書，像小孩子捧着心愛的玩具，歡天喜地的回家。」

青霞曾經自謙說，「向來對顏色沒有深刻研究的我，聖華問起來，才開始思考這個問題。」其實，顏色在文學創作中，是不可或缺的修辭手段，傑出的詩人作家，往往善用顏色，來傳情達意，或敍事繪景，青霞自己在往後的創作中，不知不覺間，也成為善於運色的好手，例如，她於二〇二〇年所撰最膾炙人口的作品〈高跟鞋與平底鞋〉一文中，在描述娃娃影后李菁畢生經歷時，就善用色彩來敷陳鋪墊，作者把見到李菁四次的衣着，一一細述：從粉藍雪紡長裙，到蘋果綠套裝，再到咖啡色襯衫，至最後的黑白上衣，色澤一次比一次黯淡深沉，那由絢爛歸於平淡的過程，恰恰象徵着主人翁由盛至衰的殘酷命運！

青霞由二〇〇六年開始，積極寫稿，創作初期，她仍然處於摸索階段，文章完成後，很想找另外一雙眼睛來過目一遍，確認一番。其實，她的畢生閱歷豐富，非常人所及，只要她沉下心來，不忘初衷，出於本性，以真誠懇摯的筆調，把所感所悟，娓娓道來，不需要華辭麗藻，就很動人，因此，我所能做到的，就是不斷為她加油打氣，告訴她切勿妄自菲薄。

二〇〇五年與林青霞一起尋找顏色書籍

二〇〇八年，我翻譯的詩集《彩夢世界》（*Colours*）即將出版，這本詩集乃加拿大著名詩人布邁恪（Michael Bullock）所撰，作者以各種繽紛的色彩，分別撰寫了幾十首詩歌，不但把色彩當作名詞動詞，而且當一個與實物無涉的主體來看待，他認為每一種顏色都擁有無窮的力量，正如音符一般。由於青霞與我曾經為絢爛多姿的色彩着迷，令我覺得邀請她為詩集寫序，乃是最佳的人選。此外，布邁恪又是另一名賈寶玉式的人物，他曾經應邀來港多次，在各大學開設講座，對「聰明的美女」，也情有獨鍾，有一回還撰寫了*Literary Moon*一詩，獻給大才女林文月。我當時心中的盤算是請青霞寫序，待詩集出版時，才告知邁恪，讓九秩高齡的作者喜出望外，到時，也讓青霞可以有機會認識詩人，領略名家的風範。誰知道，詩集因種種不可預測的延宕，竟然在詩人撒手塵寰的翌日，才遲遲面世！作家與譯文緣慳一面，詩人與美人失之交臂，怎不令人扼腕嘆息，低迴不已！

所幸，青霞所撰〈有生命的顏色〉一文，發表後受人激賞，廣為流傳，二〇〇九年並獲選為華東師範大學出版社出版的「大學語文」範文之一。該書選材甚廣，遠自屈原、李白、司馬遷、蘇東坡等，近至魯迅、艾青、穆旦、張愛玲等人的作品，甚至譯自加繆、蕭伯納的文章，都臚列其中。青霞的序言，能夠與

布邁恪在畫畫

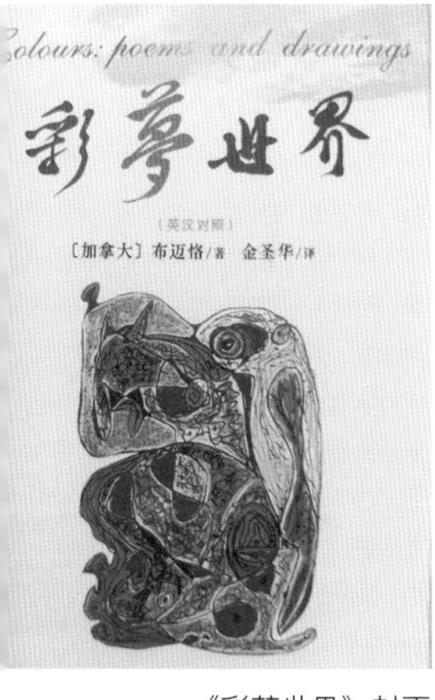


《彩夢世界》封面

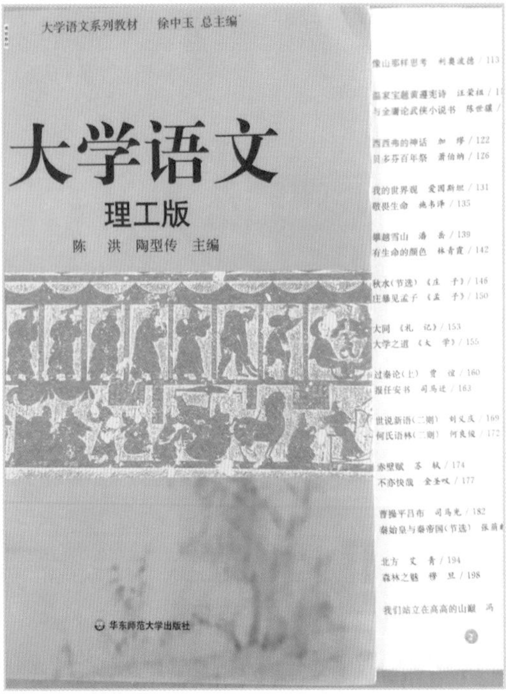


林青霞〈有生命的顏色〉獲選為大學範文
（林青霞提供）

古今中外大師的鴻文並列，的確令人欣喜！

正如青霞在序言結尾中所述：「詩人布邁恪的創作，加上聖華的『創作』，不只誘發視覺，而且可以喚起聽覺和嗅覺，讓我們的生命，我們的世界增添了夢幻的色彩。」不錯，從紅毯踏上綠茵，這條漫長的創作之路，原本就是一條尋夢之路，沿途風光旖旎，充滿了五光十色的幻彩！

二〇二一年十月十三日

作者與林青霞合影（林青霞提供，SWKit 鄧永傑攝影）

# 六　互相扶持

那一通電話，來得正是我要出門的時候。電話那頭，傳來低沉哀傷的聲音，「你有空嗎？可以請你來一趟我家嗎？」那是二〇〇六年五月裏的一天。

那段日子，香港翻譯學會正在籌備慶祝成立三十五週年的活動，由於我重新出任會長，幾個月來，一直忙於邀請名家如林文月、龍應台等前來為學會舉行講座。每次文月來港，我和外子必定會親自去機場迎接，那天也不例外。正要出門的時候，林青霞的電話來了，情急之下，我們決定兵分兩路：Alan 去赤鱲角機場，我去香港半山，兩人二話不說，奪門而出。

香港半山？到底是哪條街？哪棟樓？完全不記得了，只知道那天匆匆跳上的士，從新界直奔港島，一路上心裏七上八下，忐忑不安。青霞要我去跟她聊聊，我得知她幾日前老父仙逝，正陷於喪親之痛中，真不知道該怎麼去安慰她，開導她？那時她家正在裝修，所以搬到香港半山去暫住。失去至親，就好比在汪洋大海裏迎風顛簸的扁舟，茫茫然迷失了方向；這時候還得暫住別處，更會心神不寧。她怎麼經受得住呢？

還記得在早前的日子裏，青霞曾興沖沖為父親籌備壽宴。林老先生說不如等到大壽時再過生日吧！一向孝順的青霞堅持不肯，「生日年年要過，歲歲要做，哪裏還要等？」她特地請劉家昌為老父作曲，並親自填詞——「只要老爺你笑一笑」，更訓練兩個小女兒在生日宴上為老爺獻唱，她還為父親獻上玉桃作為壽禮，又替赴宴的親朋戚友準備了回禮金牌。「我做這些，爸爸可不領情，他捨不得我花錢，還把我訓一頓呢！」青霞笑吟吟說，一點委屈的樣子都沒有，因為心底明白，哪個一輩子簡樸如故而又心疼兒女的老人家不是這樣！

那天走進她的居所，發現公寓很寬敞，但暗沉沉的，室外原是初夏暖陽的季節，室內怎麼竟有素秋蕭索的感覺？難道是冷氣開得太大了？這時，青霞從臥室出來，走到客廳，看起來形容憔悴，臉色蒼白，眼睛顯得特別累！從來沒有見過她這副模樣，叫我一時裏不知如何啓齒，倒是她先跟我打招呼，請我在沙發坐下，還讓傭人端出一大碗燕窩來放在小茶几上。「過幾天要回台北去主持爸爸的追思禮了，真不知道到時要說些甚麼？」她幽幽說，輕嘆一口氣。空氣在沉默中凝聚了幾分鐘，「你倒說說看，你小時候最記得父親的，是甚麼樣的情景呢？」我問。「最記得在我三四歲的時候，每當傍晚時刻，就會蹲在眷村的巷子口等爸爸回來，一見到他出現，就高高興興的撲上去握住他的手，我的手太小了，只好抓着他的大拇指。」說時，她似乎在凝目遠望，悠然出神。「那麼，到你大了，父親老了的時候呢？」我輕輕追問。「啊！那時候反過來了，輪到爸爸握着我的手了。」就這樣，青霞突然醒悟到自己和父親之間的似海親情，原來都在兩手相牽時所帶來的溫暖和安全感中展現無遺。於是幾天後追思禮上想說的話，也逐漸在腦海中盤旋成形了。接着，青霞又想起父親生前的種種：他的雋永智慧，他的雍容大度，他的生性幽默與知足常樂，談着談着，好像從極度哀傷中漸漸釋懷了，正如她不久後在〈牽手〉一文中所說，「父親平安的走了，雖然他離開了我們的世界，但他那無形的大手將會握住我們兒女的手，引領我們度過生命的每一刻」。

那天之後，我們各忙各的，雖時有通訊，但不常見面。我忙於籌辦第三屆「全球華文青年文學獎」的頒獎典禮，完畢後應王蒙之邀，和余光中一起去了一趟青島講學，之後又遠赴歐洲坐了一次郵輪。那時候，我父母健在，椿萱並茂，以為日子就會這樣平淡而幸福的延續下去，哪知道漫漫長夏的背後，震天驚雷正在靜靜的醞釀中！

七月十日那一日，我正在忙於撰寫《江聲浩蕩話傅雷》一書的序言時，忽然來了個晴天霹靂，原來那天早上，媽媽在房間裏不慎摔了一跤，跌斷了髖骨！

頭一天晚上她還開開心心的跟我說，第二天約了診所的姑娘（護士小姐）去飲茶呢。這以後，就是不斷的求醫，連串的診治，持續進出醫院，擾擾攘攘了一個多月，使老人痛苦不堪，叫我們心急如焚。終於，來到了八月中旬，媽媽因昏迷不醒，第四次送進醫院。

記得八月十三日的晚上，媽媽正在ICU（加護病房）裏躺着，當時的我六神無主，心煩意亂，雖然盼着母親最後會甦醒過來，但心底明白這終究是沒有可能的奢望。這時候，手機響了，是青霞的來電。聽到我語無倫次的陳述之後，她靜靜告訴我：「你該準備了，叫傭人去拿一套乾淨的衣服，到時候給老人家抹身替換。」

那天晚上，從威爾斯親王醫院出來，望見不遠處一排村屋，村屋後橫着矮矮的小山丘，灰藍色天幕上的月亮特別醜，就如一彎陳舊汎黃的貼紙，讓造化隨手一扔，粘在黑魆魆的山丘上方，一切都這麼突兀！

第二天，八月十四日上午十點，媽媽終於撒手塵寰。頭頂上原有一棵華蓋如傘的大樹，為我遮風擋雨，怎麼突然間就葉殘枝折了呢？

八月十六日，青霞寫了一封信給我：

親愛的聖華：

今年六月於美國洛杉磯的玫瑰園安葬我父親的那一刻，我十八歲的大女兒嘉倩問我，心中有甚麼感覺，我說他在我的心裏，我和老爸之間已經沒有了距離，他是「風」，他是「雲」，他是天上的星星，他也是「一股輕煙」，他無所不在，他瀟灑自如。

記得你介紹我看的那本書《斐多》嗎？書裏蘇格拉底說過，靈魂是永遠不死的，人的身體就是靈魂的住所，房子老了，住所舊了，它會再換一所新的房子。既然我們無法抗拒那自然的定律，就只有面對它，接受它，處理它，然後放下它。

伯父是一位基督徒，他必定會以伯母回到天國，回到耶穌基督的懷抱而感到欣慰，他必定也相信他將會在天國與他的妻子相聚而感到釋懷，將來有一天我們也都會在那裏見面，所以，讓我們擦乾那有形和無形的眼淚，在我們有限的歲月裏，尋找到快樂的泉源，讓我們互相勉勵成為生活的藝術家。

青霞

二〇〇六年八月十六日

5:09 am.

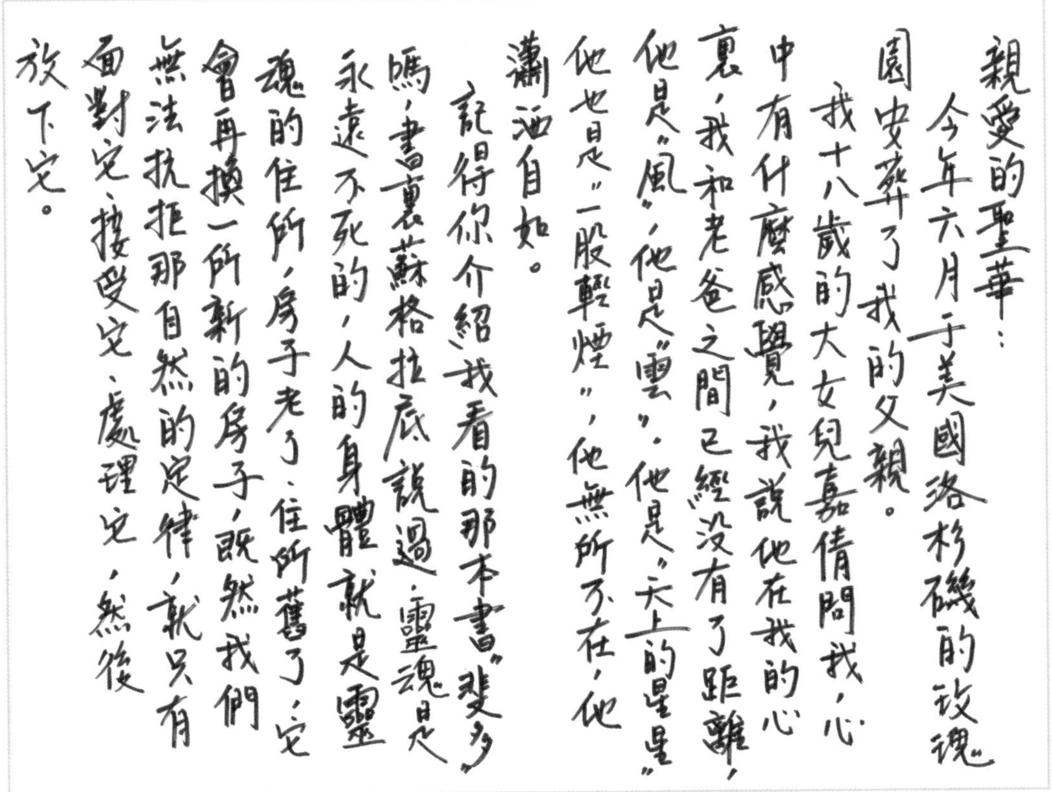

親愛的聖華：

今年六月于美國洛杉磯的玫瑰園安葬了我的父親。

我十八歲的大女兒嘉倩問我，心中有什麼感覺，我說他在我的心裏，我和老爸之間已經沒有了距離，他是"風"，他是"雲"，他是"天上的星星"他也是"一股輕煙"，他無所不在，他瀟洒自如。

記得你介紹我看的那本書"斐多"嗎，書裏蘇格拉底說過，靈魂是永遠不死的，人的身體就是靈魂的住所，房子老了，住所舊了，它會再換一所新的房子，既然我們無法抗拒那自然的定律，就只有面對它，接受它，處理它，然後放下它。

林青霞親筆信（1）（林青霞提供）

第二天，八月十七月，青霞又給我寫了一封短函：

親愛的聖華：

今天好一點了嗎？

相信你在處理母親後事的忙碌中，會幫助你暫時忘記自己的悲傷。人家說家有一老如有一寶，別忘了，你家還有一寶呢！

請節哀，保重！

青霞

二〇〇六年八月十七日

1:49 am.

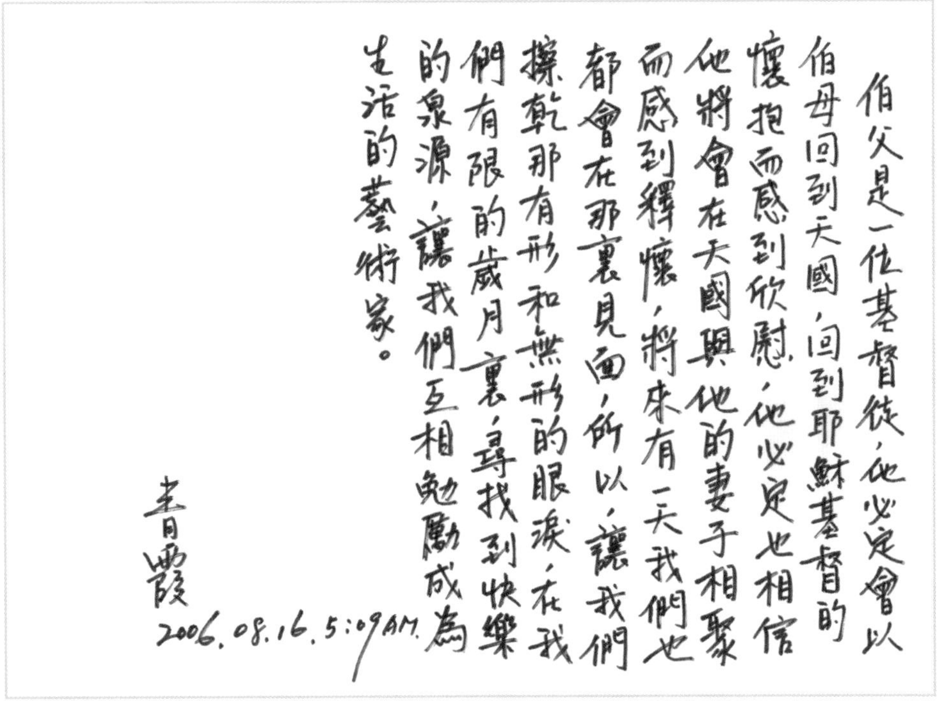
伯父是一位基督徒，他必定會以
伯母回到天國，回到耶穌基督的
懷抱而感到欣慰，他必定也相信
他將會在天國與他的妻子相聚
而感到釋懷，將來有一天我們也
都會在那裏見面，所以，讓我們
擦乾那有形和無形的眼淚，在我
們有限的歲月裏，尋找到快樂
的泉源，讓我們互相勉勵成為
生活的藝術家。

青霞
2006.08.16.5:09AM.

林青霞親筆信（2）（林青霞提供）

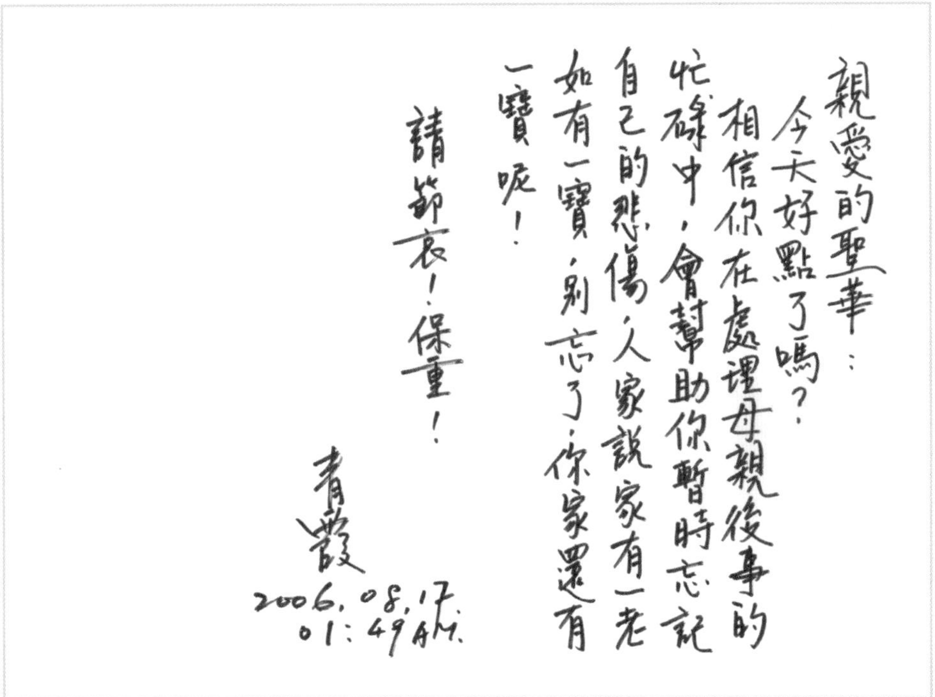
親愛的聖華：
今天好點了嗎？
相信你在處理母親後事的
忙碌中，會幫助你暫時忘記
自己的悲傷，人家說家有一老
如有一寶，別忘了，你家還有
一寶呢！

請節哀！保重！

青霞
2006.08.17
01:49AM.

林青霞親筆信（3）（林青霞提供）

不久後，中秋節將至，青霞約我到四季酒店去喝下午茶。那天，我們在靠窗的座位，靜靜的坐了許久，不記得聊了些甚麼。天色將晚，這時候放眼窗外，只見車水馬龍，華燈初上了，為甚麼這個中秋月圓人不圓呢？我在心中納罕！為甚麼外面的世界越熱鬧越喧嘩，我的內心深處越落寞，越蒼涼呢？忽然抬頭，看到青霞從對面含笑望過來，目光中盡顯溫暖與憐卹，從這眼神，我深深體會到——她懂的！

二〇二一年十月十六日

# 七　功夫在詩外

二〇〇七年作者與林青霞合影於北京大劇院《青春版牡丹亭》酒會上

記得十多年前，有一次學生在課堂上問我：「做翻譯，除了上課，怎麼樣才有進步？」我說：「有空去看看莫內的畫，去聽聽崑曲。」學生看來一臉疑惑，不明所以。他們不知道，這些正是我那陣子跟林青霞一起在做的事。

翻譯家蔡思果寫過一本論集《功夫在詩外》，書名出自宋朝大詩人陸放翁的名言。畢生寫了上萬首詩的陸游在八四高齡之年，給兒子傳授寫詩要訣：「汝果欲學詩，功夫在詩外。」意思是要學好寫詩，必須掌握淵博的知識，砥礪磨淬，拓寬眼界。因此，思果在書中說：「翻譯並不是學了翻譯就會的，有很多東西要學，要知道。」其實，豈止翻譯而已，藝術到了最高的境界，各種形式之間是互通的，要學好寫作，又怎能不兼及音樂、戲劇、繪畫、語言等眾多領域？

那一回，法國印象派珍品在香港展出，機會難逢，我跟青霞相約去看畫。青霞在寫作初期，常以題材內容是否會重複而感到困擾。展室中，我們站在莫內的名畫《陽光的效果》和《棕色的和諧》前面，這兩幅畫的主題，都是「魯昂大教堂」（Cathédrale de Louen），但是由於畫家色彩明暗的捕捉，光線深淺的運用，產生了截然不同的藝術效果。莫內對魯昂教堂情有獨鍾，曾經於一八九二至一八九四之間，在教堂對面小店二樓，租下陋室，日日對着專一的主題悉心描

左起：俞玖林、白先勇、金聖華、沈豐英及林青霞

林青霞與《青春版牡丹亭》男女主角合影

繪，前後畫了幾十幅晨昏陰晴姿采各異的名作。論者認為畫家這個系列，「畫出了生命在光線變幻的時時刻刻所呈現的永恆美」。那天，站在畫前，我對青霞這麼說：「畫過的主題，可以一畫再畫，寫文章也一樣，問題是看你怎麼寫，切入點不同了，自然會呈現千姿百態的面貌。」青霞靈秀敏銳，悟性特高，這以後，她在文章裏不時提到幾位好友，筆下的施南生在〈我們仨，在迪拜〉和〈閨密〉，張叔平在〈創造美女的人〉和〈男版林青霞〉

中，先後展現了變化多端，玲瓏剔透的風姿。

二〇〇七年十月，白先勇製作的《青春版牡丹亭》應邀在北京剛落成的國家大劇院試演。我於二〇〇四年在香港看過這齣戲，知道它十分精彩，因此竭力遊說青霞去觀賞。青霞一向低調，不喜歡去傳媒湧現的場合湊熱鬧，再說，這個崑曲戲寶還分上中下三集，一連三天演出，每集歷時三個鐘頭，假如不是戲迷，恐怕難以消受。白先勇推出《青春版牡丹亭》其實是個救亡運動，他在年過耳順之時，不辭萬難，扶持百戲之祖重振聲威，使牡丹還魂，青春再現，其過程的波瀾壯闊，實在令人動容！因此，假如青霞能夠在北京演出時現身劇場，一定會給團隊帶來極大的支持與鼓勵！為了使青霞安心成行，白先勇還特地安排了來自上海的好友徐俊導演替他在北京照料伊人出入。最後的推動力，來自一句承諾，我答應青霞：「到了北京，我們晚上看戲，白天帶你去拜訪季羨林、楊絳」，青霞這時已拜讀了兩位名家的不少作品，內心欽佩萬分，早就萌生孺慕之情，一聽之下，欣然說道：「好！我去，我去！」

《青春版牡丹亭》在北京大劇院戲曲廳首演的那晚，盛況空前，來自大江南北的崑曲愛好者濟濟一堂，有北京的傅敏伉儷、南京的李景端夫婦等，然而最令人矚目的當然就是盛裝赴會，儀態萬千的林青霞！當時我們兩人比鄰而坐。燈光一轉，音樂揚起，絲竹之聲，悅耳動聽。上本演的是「夢中情」，戲一啓幕，就聽到序曲中的獨白「情不知所起，一往而深」，令觀眾立即進入那如夢似幻的浪漫氛圍。在第三折《驚夢》中，杜麗娘唱起了《皂羅袍》——「原來姹紫嫣紅開遍，似這般都付與斷井頹垣」，這就是數十年前，令十歲童白先勇在上海美琪戲院聽後畢生難忘，促成日後跟崑曲結下不解之緣的濫觴。當時青霞和我也都為湯顯祖如此唯美的曲詞觸動。接下去的「良辰美景奈何天，便賞心樂事誰家院」，更是我們耳熟能詳的常用語！不久，柳夢梅上場，與麗娘於夢中邂逅不久，即在花神簇擁下進入牡丹亭中，只聽得「湖山畔，湖山畔，雲纏雨綿……三生石上緣，非因夢幻」，不久，二人攜手共上，柳夢梅唱出「這一霎天留人便，草藉花眠，則把雲鬟點，紅鬆翠偏……」青霞忽然在耳邊悄悄問道：「他倆，做了沒？」「做了做了！」我急忙回答。原來，中文裏形容雲雨之情，是可以這麼悱惻繾綣，含蓄而不落俗套的。然後，到了第九折《離魂》，麗娘因傷春而斷魂心痛，一病不起，中秋降臨，自知時日無多，乃拜別母親，悲切中唱出「不孝女孝順無終。當今生花開一紅，願來生再把椿萱再奉」，這時候，忽聽得耳旁傳來

林青霞向《青春版牡丹亭》演員講故事

一陣窸窣，是青霞在開皮包，掏紙巾，「給你！」她也遞了一張過來。經歷過喪母之痛的我倆，這時候，又怎能不眼眶發熱？

觀賞完第一晚，我問青霞，第二天還看嗎？「當然看！」她答得理直氣壯。就這樣，她興致勃勃連續看了三天。第三天全劇演完之後，我們跑到後台去祝賀，青霞貼心的安排了一場盛宴，邀請全體演員及友好去吃宵夜慶功。那是北京一家火鍋店，青霞包了場，讓大家可以在店裏輕鬆自如，隨心所欲的聊天，交流。先前在台上顛倒眾生的男女主角俞玖林和沈豐英，一看到青霞，馬上變成了興奮的小粉絲，跟着大明星團團轉，其他的演員更不用說，全場氣氛熱烈，情緒高漲，最高興的莫如「崑曲大義工」白先勇，演出成功固然令人欣慰，青霞的投入，更是錦上添花，為北京國家劇院這場難得的試演，畫上了完美的句號。

青霞為人體貼入微，她不但在席上跟白老師男女主角共慶，更特地跑到花神春香等眾多演員的桌上去講故事。一大圈小影迷眾星拱月，圍着聽她講當年拍攝《東方不敗》時，如何從水底上升時夾住假髮，幾乎命喪大海；演出《新龍門客棧》時，如何右眼為竹劍所傷，差點從此失明……講的動聽，聽的入神，一群年輕演員盯着她瞧，眼珠動都不敢動，生怕一動，就會漏掉甚麼精彩內容了。此時大家心靈契合，精神互通，原來都是為藝術付出的同道中人！「台上一分鐘，台下十年功」，觀眾眼中的成功演出，舞台上電影中的一招一式，一顰一笑，一舉手一投足，是需要多少汗水，多少血淚，多少堅持，多少毅力，才可以磨煉出來啊！

二〇二一年十月二十三日

# 八　季老的手

二〇〇七年作者與林青霞拜訪季羡林

二○○七年十月九日，北京秋高氣爽，下午的陽光，照得人心頭暖洋洋的，我們一行人，青霞、我與Alan，還有前譯林社長李景端，高高興興的坐上了汽車，整裝出發。

此行的目的地是三○一醫院，當然不是去看病，而是探望如今在醫院療養的學界翹楚季羨林教授。在車上，青霞好比武術迷要去少林寺拜師似的，顯得特別興奮。她穿了綠衣黑裙，樸素得像個學生，跟前一晚在大劇院酒會上披着貂皮的華麗打扮，大不相同。一瞧，那件綠色的上衣，綠得發青，這種鮮豔的顏色她可從沒穿過上身啊！也許是看到我在朝她打量，她湊過來在耳畔悄悄說：「這衣服，剛買的！」原來，青霞先前在北京街頭不知哪個地攤上，看到這件幾十塊錢的綠衫，覺得顏色挺討喜的，穿了去見老人家正適合，反正行囊中不是黑的就是灰的，於是急忙買下，趕緊穿上。

到了醫院，門禁森嚴，若不是李景端在場，預先打點一切，到後再用電話跟季老秘書確認，我們還不得其門而入呢！事後才知道，三○一醫院非同小可，要首長級的大人物才有資格住進去的。

回想二○○二年冬，香港中文大學決定頒授榮譽文學博士學位予季羨林教

二〇〇二年作者訪問季老於北京朗潤園

授，該年十月，我奉命前往北京專訪季教授，為撰寫讚詞做出準備。那時候，季老的府邸坐落在北京大學朗潤園。走進大門，只見季老精神抖擻，步履穩健，滿室溫暖如春，牆上掛了醒目的「壽」字，滿屋都是飾物，有畫像、盆栽、燈籠、葫蘆、佛珠、觀音像、象牙福祿壽、三個季老的半身雕像，還有滿櫃子的線裝書。窗外垂柳成蔭，窗裏杜鵑盛開。那一次，我們聊得很盡興，事前，我在大學圖書館裏借閱季老的著作，看了五六十本，還是難窺全豹，那天的專訪，聽君一席話，解答了許多疑問，填補了不少對大師認知的空缺。季老當然知道自己涉獵太廣，學問淵博，要為他寫任何東西，都很難寫得周全，事後他看了讚詞，說了一句暖心的話：「難為她了」！

懷着感激的心情，我走進醫院的病房，探望闊別五年的季老。抬眼一望，季老已經端坐在小桌前的木椅上等待了，看來精神不錯。李景端是老朋友，一進門就指着青霞跟季老打趣說：「知道她是誰嗎？」季老頭一抬，眉一揚，「全世界都知道」！說得那麼利落，帶點豪氣，帶點俏皮，一下子把大家都逗笑了。李哪裏曉得，那年季老八月生日前夕，我們早已買了生日卡，一起簽了名，自香港寄上祝福了。接着，我奉上自己作品《認識翻譯真面目》，青霞捧出帶來的禮物，一條米色的開司米圍巾，一張她所主演《東方不敗》的碟片，上面寫着：「您才是世界的東方不敗」。季老笑着摸摸那條圍巾，感受它的溫暖，讓青霞親手替他圍上，然後叫助理楊銳拿出他一早準備好的回禮，一大摞親筆簽名的書籍，分贈給我們幾人。

那一大疊書包括《病榻雜記》、《季羨林說自己》、《季羨林談人生》、《相期以茶——季羨林散文集》以及《季羨林談翻譯》，都是二〇〇六或二〇〇七年出版的近作。老人住院後，病房再怎麼寬敞，比起朗潤園，畢竟面積小了，擺設

作者贈送作品予季老

少了，然而室雅何須大，志高傲天下，區區病房，困不住他那勃發如噴泉的才思和創意，也許，掛在他身後牆上的那副對聯，最能表現出他當時創作旺盛的現狀：「二度花甲再增卅年歲月，半日光景又添一篇妙文」。

交談中，我發現青霞和季老雖然初次見面，但是特別投契。老人說，最不喜歡虛銜，要摘掉三頂帽子：「學術泰斗，國學大師，國寶」；青霞也從來不以為自己是「大美人，大明星，演藝天才」。

季老說，人貴有自知之明，他提到了蘇格拉底的神諭。老人在《病榻雜記》中寫道：「每一個人都有一個自我，自我當然離自己最近，應該最容易認識。事實證明相反，自我最不容易認識。所以古希臘人才發出了Know thyself的驚呼。」青霞是我認識的人之中，最常反躬自省的一個，老是覺得自己這裏那裏不足，演了一百部電影，還嫌沒有一部代表作。自從告訴她蘇格拉底去神廟求得的神諭，是「Know thyself」之後，就把這句話一直牢記不忘，那天在大師口中再次聽到這句名言，簡直感到心有戚戚焉！

老人畢生勤奮，到了晚年，名利雙全，他說：「可以說，在名利兩個方面我都夠用了，再多了，反而成為累贅。」那麼，他為甚麼繼續筆耕不輟呢？「如果有一天我沒能讀寫文章，清夜自思，便感內疚，認為是白白浪費一天。」（《季羡林說自己》）不知有多少次，我曾經聽到青霞自我反省，認為生也有涯，不能天天在打牌、行街、購物、喝茶中虛耗生命，這就是她這些年來，不求名不求利，純然為了喜愛寫作而孜孜不倦的原由。

季老即使人在病房，也是書香盈室，他對於自己曾經擁有的書齋，這麼形容：「我的藏書都像是我的朋友，而且是密友……我每一走進我的書齋，書籍們立即活躍起來，我彷彿能聽到他們向我問好的聲音，我彷彿能看到他們向我招手的情景。」（《相期以茶——季羡林散文集》）多年後，埋在書堆裏的林青霞對我說：「我最近回家都很開心，因為每次走進書房，有張愛玲等着我，有杜拉斯等着我，有太宰治等着我，還有米蘭昆德拉……」，使人驚詫這二〇〇七年邂逅於北京的一老一少，與書籍陶然共處時，怎會如此相像？不但如此，季老談寫作，更是一語中的，「我無論是寫文言文，或是寫白話文，都非常注意文章的結構，……對文字的開頭與結尾更特別注意。開頭如能橫空出硬語，自為佳構……結尾的訣竅是言有盡而意無窮，如食橄欖，餘味更美」（《病榻雜記》），這不就是青霞在文學創作中，多年來追求不懈的竅門嗎？

林青霞向季羨林討文氣

那天，我們在病房中盤桓良久，臨走前，青霞忽然提出，想握握季老的手，討討文氣。原來，她一進門，就注意到季老擱在桌上的雙手，認為這雙手潔白細緻，寫過上千萬字好文章，經歷過文革浩劫，而居然沒有留下任何痕跡，既沒傷疤，也無老斑。老人欣然同意，於是，她握着他的手，兩人相視而笑，留下了溫馨感人的畫面。當時，我們並不知道，這雙季老的手，原來曾歷盡滄桑啊！是這雙手，曾經飽受濕疹之苦，充水灌膿，屢醫無效，使他不敢伸手同人握手，也不敢與人合照，「因此，我一聽照相就觳觫不安，趕緊把雙手藏在背後，還得勉強『笑一笑』呢。」（《病榻雜記》）所幸三〇一的醫生對症下藥，治好頑疾，使老人終於復原。「我伸出了自己的雙手，看到細潤光澤，心中如飲醍醐」（《病榻雜記》）。這就是那天青霞握着季老的手討文氣，季老笑得不勝欣慰的背後故事。

由於那次經歷，青霞寫出〈完美的手〉一文，使她的寫作生涯，又跨進一步。那篇文章寫得文情並茂，應該刊載在文化期刊，而非一般報章上，於是我介紹她與《明報月刊》總編輯潘耀明相識，自此，她與明月結下不解之緣，至今成為該刊備受重視的作者之一。

二〇二一年十月二十七日

# 九 錯過楊老

一九八五年作者初晤楊憲益伉儷於北京楊府

每個人的生活，不管過得順不順，總不免會帶些大大小小的遺憾，也許，只是錯過了一場盛會，一本好書，一齣好戲，一次偶遇……但是，日久之後，仍然會耿耿於懷，懸掛心中，每一提起，就惋惜不已！

你想知道青霞的遺憾？你若問起，在與學術文化界交往的過程中，最讓她難忘的憾事是甚麼？她一定會立即撒手搖頭，嗟嘆一番：「別提了！別提了！明明約好的，禮物都準備了，唉！」她說的是二〇〇七年十月在北京錯過了會晤翻譯大家楊憲益的往事。

那一回，我們一起去觀賞白先勇《青春版牡丹亭》在大劇院的演出，事前已經計劃好，到了北京，連看三晚戲，白天就去拜訪季羨林、楊憲益，以及楊絳三老。季老的探訪如期進行，到了第二天，原定要去拜望楊憲益的，誰知道一通電話打過去，青霞臨時取消了行程。當時我並不知道因由，事隔數年後，才得知真相。原來當天下午，跟青霞同行的女友提出異議，在她耳邊嘟噥着，「來了北京，幹嘛天天泡着見老人家，你昨天已經見了一個，今天還要再去見嗎？」結果，青霞一時心軟，怕朋友寂寞，惟有改變行程，陪她去見胡軍，那條千里迢迢帶來的駝色開司米圍巾，也就換了帥哥當主人了。

作者與楊憲益合影

其實，這件事，也怪我事前沒有跟青霞好好溝通。我一早推薦了季老及楊絳的著作給她看，使她印象深刻，然而我並沒有仔細介紹翻譯大家楊憲益的傑出成就和傳奇背景。俗語說，隔行如隔山，更別提一般人不太接觸的翻譯界了。她哪裏知道，這位大師級的名家，是個絕頂風趣，不容錯失的可愛人物啊！

楊憲益生平與夫人戴乃迭合作英譯中國經典無數，共逾三千多萬字，包括《詩經選》、《楚辭》、《史記選》、《老殘遊記》及《儒林外史》等，當然，還有名著《紅樓夢》。儘管如此，自從我跟他於一九八五年相識以來，楊老可從沒擺出一副道貌岸然，高高在上的老前輩模樣，後來稔熟了，他甚至要我喚他做「小楊」。一九九四年，他與夫人應我邀請，來中文大學新亞書院訪學，在香港盤桓了一個月，當時趁機跟他做了個詳盡的訪談，得知了他許多不為人知的軼聞妙事。

這位出身於天津的世家子弟，原來從小就接觸西洋事物，四歲時把父親酒櫃裏的上好白蘭地，骨碌碌整瓶倒進魚缸，把一池金魚活活醉死！小時候因為是全家唯一的男孩，特別受寵，家裏請來老師教四書五經，嫌悶，給他連續打跑了四個！上了中學，請了位女教師補習英語，結果卻狠狠鬧了場師生戀。中學

楊憲益漫畫像

畢業，去英國留學，只補習了五個月希臘文、拉丁文，就考上了牛津，接着去了地中海到處遊歷，逍遙一年後才正式入學。在牛津時，據他自己形容，書沒啥唸，倒是常常跟英國同學泡酒吧閒聊天。那時牛津有個「中國學會」，他給選上了當會長，就在會裏認識了後來的終身愛侶及翻譯夥伴戴乃迭。這樣一對神仙眷屬，一輩子孜孜不倦，身負譯介中國文化的重任，卻在文革時慘遭牢獄之災，兩人分別坐了四年牢，問他鐵窗生涯如何？他說「坐牢，挺好玩」，他教年輕人唸英文背唐詩，他們教他稀奇古怪的扒手技術。出獄了，怎麼過？他說：「原本家裏住了三四戶耗子，見我回來，很不高興的溜走了，也挺好

戴乃迭照片

玩」，原來，這位出身富裕的譯家，因性情豁達，淡泊自甘，儘管生命中經歷過逆境低谷，也覺得一切都是「好玩兒」的。

這樣一個學貫中西而又瀟脫諧趣的人物，假如能夠跟善待老人而又不失幽默的青霞相遇交談，會是一個怎麼樣讓人暖心的情景呢？更何況一個是《紅樓夢》的翻譯者，一個是《紅樓夢》的演繹者？雖然翻譯和演藝範疇不同，兩人可都是面對經典，努力不懈，要把原著的神髓與風貌盡量如實呈現出來的藝術家啊！

記得那個十月天，雖然沒有青霞同行，我還是如常去探訪楊憲益。走近位於什刹海小金絲胡同的楊宅時，心中不免有些悵然若失。多年來，我曾經訪問過楊老位於不同地區的府邸，包括最早的百萬莊外文局宿舍，後來的西郊友誼賓館，然而這棟位於蜿蜒曲折小金絲胡同，又臨近什刹海（其實是湖，北京人把湖都稱作海）的翻新小洋房，最別具風味，假如青霞同來，一定會欣賞這典雅中帶些時代感的意趣。

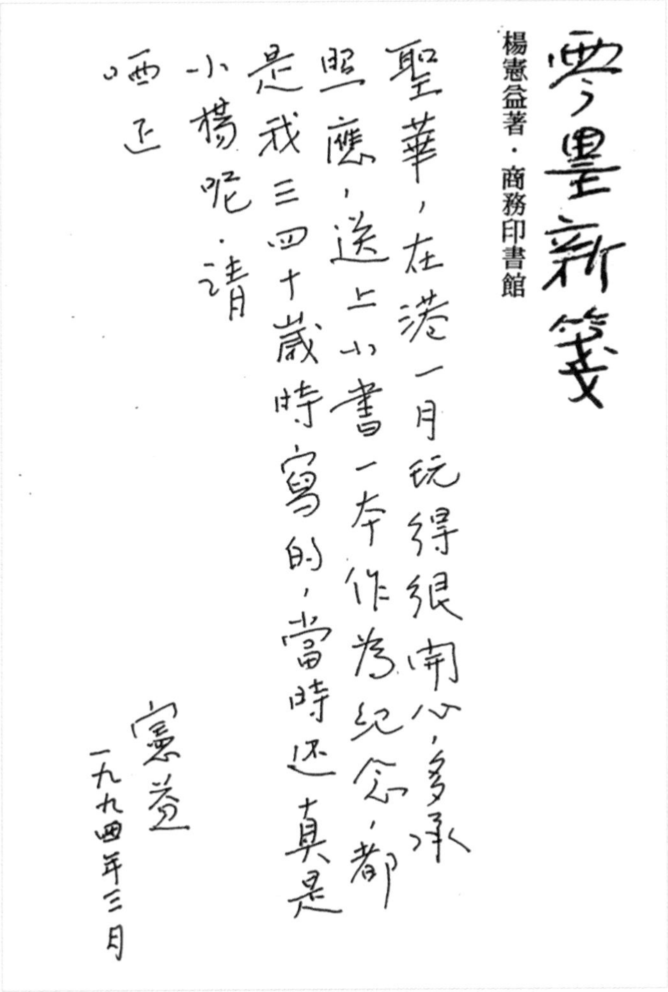

零墨新箋

楊憲益著・商務印書館

聖華，在港一月玩得很開心，多承照應，送上小書一本作為紀念，都是我三四十歲時寫的，當時還真是小楊呢。請

哂正

憲益

一九九四年三月

楊憲益便箋

記得曾經讀過散文家張曉風的一篇文章〈一山曇花〉，記述她錯過了滿山花開盛景的心情，她說：「遙想上個禮拜千朵萬朵深夜競芳時，不知是如何熙攘熱鬧的局面」，如今錯失花期，空對一山殘枝，雖感唏噓，卻容她產生了無窮想像的空間：「凡眼睛無福看見的，只好用想像去追蹤揣摩。凡鼻子不及嗅聞的，只好用想像去填充臆測。凡手指無緣接觸的，也只得用想像去彌補假設。」在此，就容我用想像去描述一下林青霞和楊憲益曾經可能交會的情景吧！

楊老是最懂得生活，最懂得美的翩翩公子，家中收藏了許多名畫古玩美石。記得第一次跟香港翻譯學會的同仁拜訪他時，他就讓客人各自挑選他櫃中的玉石，作為見面禮。青霞家裏收集了許多大小奇石，兩人見面，一定會涉及不少有關的話題。十月那天，我一走進楊老的客廳，見到他精神勝昔，夫人乃迭雖已逝世，茶几上仍然放着他倆的結婚照，就故意逗他說：「小楊，其實你也長得不怎麼樣？怎麼給你追到美若英格麗褒曼的戴乃迭的？」他一聽，很不服氣答道，「當年是她看上我的」。接着，他也俏皮的叫我擠在他那張紅色的單人沙發上來個合照，更加上一句，「你先生看了會不會吃醋？」假如青霞在場，他也一定會邀約美人合照，留下倩影的，他又會用怎樣幽默的語調跟她打趣呢？我不會喝酒，而青霞能飲，散淡酒仙遇上怡紅公子，又會不會來個舉杯對飲，暢論紅樓呢？

多年後，青霞閱讀的範圍越來越廣，當她涉獵了不少有關楊憲益與戴乃迭的報道之後，想起那次在北京錯失見面的良機，一直追悔莫及，她甚至告訴我，每次走進書店，看到楊氏伉儷的著作或傳記，她都不敢看不敢翻，生怕一碰，觸動了心中的憾意，難以自抑！我可從來沒有見過，她為了錯過任何心愛的華衣美服或珠寶珍飾，而顯得如此懊惱的模樣！

二〇〇七年楊老跟作者在單人沙發上合影

對青霞來說，相隔萬里「愛美的」喬公，竟隔空相遇了；近在咫尺「好玩的」小楊，卻憾然錯過了，正如曉風所說，「這世間，究竟甚麼才叫擁有呢」？

二〇二一年十一月八日

一九九四年楊憲益應邀赴中文大學訪學，作者介紹演講嘉賓。

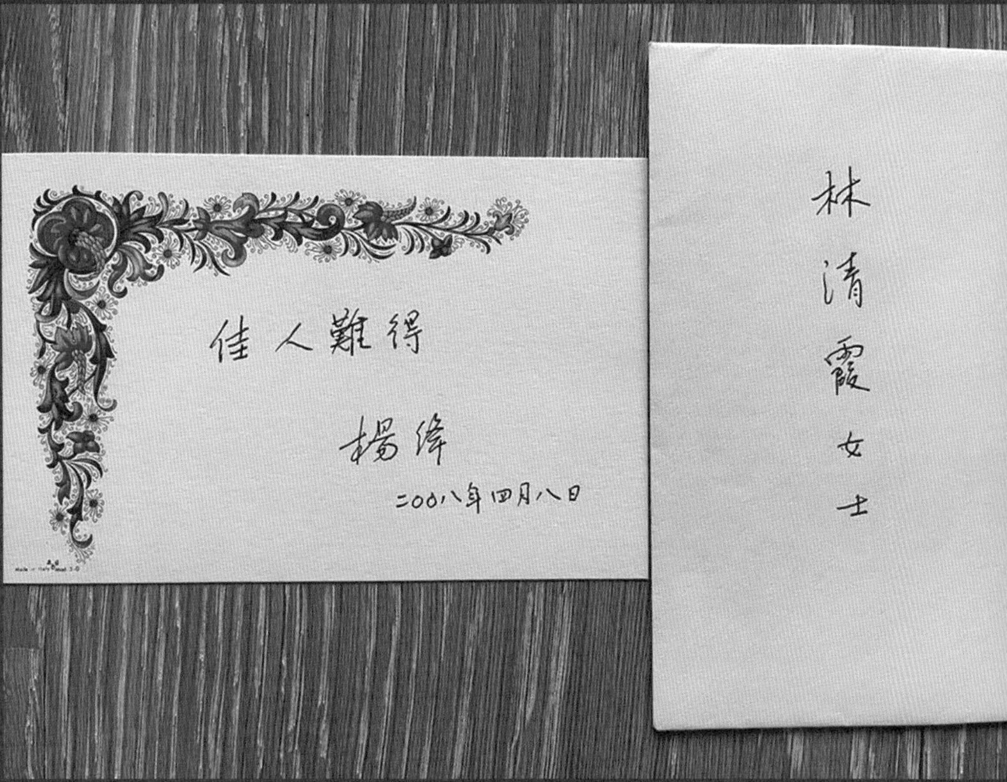
佳人難得
楊絳
二〇〇八年四月八日
林清霞女士

二〇〇八年楊絳致送林青霞卡片（林青霞提供）

# 十 錯體郵票

二〇〇七年，林青霞在北京憾然錯過了楊憲益，她也沒有見着楊絳。這一回，倒不是有啥特別緣故，只是楊先生恰好在那時候出了門，到大連去了。

和青霞結交不久之後，我就介紹楊絳的作品給她，原因是楊先生的寫作返璞歸真，爐火純青，用最簡約的字眼，表達最深邃的內容，真正達到了白樂天「老嫗能解」的境界。青霞一輩子在電影圈浸淫，人說電影圈是個大染缸，奇怪的是她竟然一身潔白的從染缸裏出來了。不但如此，她的純真懇切，淡雅樸實，既可從她日常的穿着打扮表現出來，也可從她文字的素淨真摯中體現無遺。因此，我覺得楊絳的寫作風格，應該是青霞最佳的學習榜樣。

楊絳在《走到人生的邊上》的序言中說：「二〇〇五年一月六日，我是從醫院的前門出來的。如果由後門太平間出來，我就是『回家』了。」這樣樸實無華的語言，確是最能觸動人心的。青霞說，她寫作不會用典故，不會用成語，但是她真，她誠，下筆把內心所思所感娓娓道來，既感動自己，也感動讀者。

青霞當時最喜歡閱讀有關生命意義及靈修方面的書籍，例如上師頂果欽哲仁波切的文字、聖嚴法師談禪的冊子等等。恰好楊絳送了一本她翻譯的《斐多》給我，我也就轉借給青霞一讀。誰知道她讀後深受感動，竟然一口氣買了幾十本分贈友人。

《斐多》是柏拉圖的對話錄，描寫先哲蘇格拉底臨刑當天，跟門徒討論生死的過程。根據楊絳所言，這本書的翻譯，是她的療傷之作，「我正試圖做一件力不能及的事，投入全部心神而忘掉自己」（見「譯後語」）《斐多》完成出版之時，正好是錢鍾書過世一週年的日子。書中談到靈魂的不朽，以及蘇格拉底正氣凜然從容就義的精神。這本書，青霞讀了以後深有體悟，也在我倆喪失至親的哀慟中，成為了彼此開解療癒的良藥。因此，青霞對楊絳是衷心感念和敬佩的，不久就開始研讀《幹校六記》、《我們仨》、《洗澡》等其他作品，記得二〇一四年楊絳新著《洗澡之後》出版時，還是青霞率先買了送給我的。

二〇〇八年春，因參加「傅雷先生百年誕辰紀念座談會」，我再次上京，行前，青霞鄭重其事的委託我，在拜訪楊絳時，一定要帶上她的問候與祝福。於是，就在四月八日仲春時分，我由法國文學翻譯家羅新璋陪同，四訪三里河。第一次來，是二〇〇〇年七月十七月楊絳先生舊曆九秩華誕的日子，那時楊先生形容憔悴，心情落寞，謝絕一切應酬，倒是破例接見了我和社科院老同事羅新璋。這以後，每次來訪，發現老人一次比一次壯健，一次比一次精神，其間不但出版了自己不少新著，更完成了《錢鍾書手稿集》的編輯，恰似長青的松柏，經歷隆冬嚴寒的風雪，才越發挺拔蒼翠！

那天楊絳接待我們，說是要讓客人「坐在書堆裏聊天了」，因為她正在忙於校對錢先生的手稿。有甚麼比在書香氤氳的書齋裏，跟睿智老人談天說地，更怡情養性的呢？當時心想要是青霞也能同行多好，可惜了！

我拿出青霞託我帶上的禮物，一盒精緻美觀的巧克力送贈楊絳。這是青霞在香港尖沙咀一家專門店搜羅得來的珍品，每一粒糖果，都用不同的彩紙獨立包裝，再飾以珍珠水鑽，閃閃發亮，看起來像一枚枚珠寶，每一個都設計獨特，與別不同。老人拿起這盒糖果，在手中細細摩挲，輕輕說道，「這麼美，包得這麼好，都不捨得吃了！」楊絳在一篇文章〈勞神父〉裏，提到她年少時的經歷，那位最疼她的法國神父，曾經送給她一盒那年代十分珍貴的巧克力，盒子外包了一層又一層各式各樣的紙張，有報紙、牛皮紙、廢稿紙，總有十七八層，為的是讓小女孩知道珍惜，不要隨便吃光，而要帶回家跟爸媽一起品嘗。那天，老人拿着香港捎來的巧克力悠然出神時，歲月匆匆，不知心中是否又想起了這樁不曾褪色的童年往事？

作者與楊絳一起欣賞《錢鍾書手稿集》

接下來，楊先生談興很濃，我們從她的新著談到練字，從運動說到養生，聊着聊着，時間很快過去了，我想起青霞上次沒能前來會晤的遺憾，趕緊替她向先生求幾個字。我在楊先生的書桌上翻出一張便條紙，請她題上墨寶，她略微遲疑，說寫甚麼呢？這時羅新璋在一旁提議寫「佳人難得」吧！羅是極有才氣的翻譯家，經他一說，楊絳立即寫下，提了上款「清霞女士」，下款「楊絳自嘆無緣」，我當下覺得如獲至寶，誰知道便條剛寫完，她說「不行，這紙不好看」！於是，開始在那張斑痕纍纍的書桌左邊靠窗的抽屜裏尋找，那抽屜也老舊了，拉開來時費了不少勁，還嘎吱嘎吱作響，結果找出一張精緻美麗的卡片連信封，再重新書寫一遍。這次，她總算滿意了，於是，收好卡片，再題簽了一本《斐多》，把原來的便條交給我留着，囑咐我只可把美麗的卡片連書一起交給青霞。

其實，楊絳當時把青霞兩字寫成了「清霞」，我們都不願意提出，因為，這是難得的錯體郵票，出自九八老人工整小楷的手筆，寫於曾經創作過《幹校六記》、《我們仨》等曠世巨作的書桌，還有甚麼更彌足珍貴呢?!

回到香港後，我把楊絳的墨寶交到青霞手上，這張難得的「錯體郵票」，多年來發揮了積極的作用，如今，「郵票」的得主，不但在寫作方面進步神速，而且在風格氣韻上，也不斷向着大師靠近。多年前，香港翻譯學會頒授榮譽會士銜予楊絳，她不克前來，特地寫了答詞，要我替她代為宣讀。答詞短而精彩，她如此寫道：「翻譯是沒有止境的工作……所以譯者常嘆『翻譯吃力不討好』，確實深知甘苦之談。達不出原作的好，譯者本人也自恨不好。如果譯者自以為好，得不到讀者稱好，費盡力氣為自己叫好，還是吃力不討好。」此處一連用了幾個「好」字，看似平淡，實則妙趣無窮！最近，青霞寫了一封信給一個影迷，鼓勵

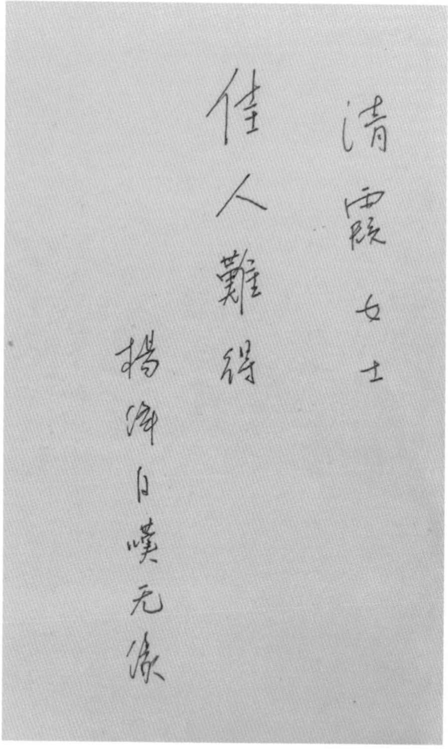


二〇〇八年楊絳原本題簽（金聖華提供）

這個年方二十的女孩努力向上，她在信中說：「離開舒適、溫暖的家，到外地求知識，交朋友，你的歸屬感和安全感應該向自己心裏找，要像油麻菜籽一樣，在哪裏都可以長得好……這個年紀迷茫是正常的，你只要像海綿一樣，好好學習，把當下的事做好，機會就會自動找上你的。」語氣的平實真摯，不是也帶有幾分楊絳筆觸的影子？

楊絳老而彌堅，永不言倦，在一百零三歲的高齡，還出版新小說，「錯體郵票」的得主，也在給女孩的信中說：「你姊六十七了，還在天天學習，還想做海綿，說真的，姊這兩年吸收了不少知識，看了不少書，結交了不少有識之士，天天很開心。」有楊絳先生的精神在前面遙遙引領，我們知道學無止境，只要不斷求進，生活怎麼會不充實？

二〇二一年十一月十一日

# 十一　董橋這樣說

林青霞與董橋合影（林青霞提供）

假如，二〇〇八年的某一天，我沒有跟家人到中環那家飯店去晚餐；又假如，我去了，但是前後腳錯過了對方，那麼，她與他會不會因此錯失了彼此的會晤交往呢？我想，不會的，有緣的人，冥冥中總有機會相遇相識，只是有早有晚，不知在哪一時哪一處而已。

那天，我跟家裏人一起到好久沒有光顧的 Jimmy's Kitchen 去吃飯，原因是小傢伙喜歡那裏的烤牛肉。坐下不久，點了菜，正在等菜上桌，斜斜望過去，遠處對角線的地方，似乎看到了久違的熟人，再一瞧，是董橋夫婦在座，我們彼此遙遙的點了點頭。過了一陣他們用餐完畢，起身向門口走去，經過我們桌旁時，董橋跟我打招呼，「知道你跟林青霞熟，方便時可以介紹我們認識嗎？」

青霞得知散文名家有意結交的消息後，表現得十分高興，她說，不如我來請客吧！於是就促成了不久之後那次半島酒店的餐敘。

那天，青霞、董橋伉儷，我們夫婦，一行五人，都很準時在半島嘉麟樓相聚會晤。雖然他們是第一次見面，大家都顯得相當自在，酒斟了，菜上了，青霞開始講故事了。畢竟是個講故事的能手，她一開口，就吸引了全體的注意，故事中主人翁的形象姿態，音容笑貌，背後的光影，場景的氛圍，都讓她描繪得活靈活現，極富有電影感，說到興濃處，主人忘了佈菜，客人忘了動筷，那一桌佳餚美酒就在一旁候着，我抬頭一望，看見董橋夫婦面前原本熱騰騰的魚翅，已經放涼了還沒有碰過。

這以後，青霞與董橋伉儷就時相過從。有一次，董橋回請，邀約大家去麥當勞道吃四川菜，那時候還沒有微信，沒有WhatsApp，只有SMS，大家都不懂傳信息，青霞剛學會，興奮得一人送了一個三星電話，一筆一畫的當場教打字傳短訊，我們像小學生學寫字一樣，既緊張又認真，好笑得不得了。在追隨新事物方面，她可真是比我們都走快了一步。

既然結識了散文大家，青霞怎麼會錯過殷殷求教的機會呢？那時候，她已經開始嘗試在各大報紙上投稿了。每寫一篇，她循例要傳給眾多朋友過目。董橋一向訥言，不論在私人聚會或公眾場合都很少說話，要他評論甚麼，也多半是一句起，兩句止。青霞寫了文章，只要董橋評點一二，她都會高興好半天。例如，看了某篇文章，他說很好，一百分；看了另一篇（好像是〈穿着黑色貂皮大衣的男人〉），他說這篇更好，一百二十分，青霞就會在電話裏咯咯笑得心花怒放，像個得了獎賞的孩子。董對林也特別關愛，經常都對她鼓勵有加，偶爾才點撥她一兩下，例如標點符號的運用，某些詞彙的涵義等等，這些教導，都讓努力不懈的才女感到受用不盡。

青霞與董橋極有緣份，每次她去參觀他的書法展或藏品展，總會在旁邊的蘇富比拍賣行找到心頭好，她也收藏他的墨寶，他更用蠅頭小字抄寫《心經》送贈佳人。青霞和董夫人康藍兩人都直率坦誠，胸無城府，多年來時相往返，有如親人。

二〇二〇年青霞出版第三本散文集《鏡前鏡後》時，已經不再是文壇新手了，在撰寫序言時，最喜歡創新的她思量着該怎麼起頭，才能先聲奪人。於是，她第一句就寫道：「董橋從來沒有對我說過重話」。這下，可引起讀者的好奇心了，接着，她提到有一天她跟董在陸羽餐敍，說起自己第一本新書發佈會的情況，他嚴厲的說：「你不能稱自己為作家」，她解釋說是在台上開玩笑，他臉上不帶笑容又說：「開玩笑也不行」！啊呀！這下可好了，這篇文章一出，立即眾說紛紜，各地評論自四面八方蜂擁而至，簡直是熱鬧滾滾，在文壇上炸了鍋！

其實，中文是一種非常繁複多姿的語言，同樣的一句話，可以有變化多端的面貌，惟其如此，才顯出中文的奧妙精深，源遠流長。季羨林說過，漢語跟印歐語系是大不相同的，「漢語只有單字，沒有字母，沒有任何形態變化，同性也難以確定，有時難免顯得有點模糊」，然而，他又接着說，「漢語有時顯得有點模糊，但是，妙就妙在模糊上。試問世界上萬事萬物百分之百地徹底地絕對地清楚的有沒有？西方新興科學「模糊學」的出現，給世界學人，不管是人文社會科學家，還是自然科學家和技術科學家，一個觀察世間錯綜複雜的現象的新的視角」。（《季羨林說自己》）

因此，「你不能稱自己為作家」

二十世紀八十年代作者與董橋、林文月合影

這句話，既可以解讀為「你功力還不夠，稱不上是個作家」，也可以解讀為「我們雖然是從事寫作的，但是不可以自稱為作家」。以我了解董橋對青霞一向的疼惜和關懷來看，我深信，他對她說的這句話，必定是以第二個解讀為出發點的。

儘管如此，聰慧伶俐的青霞豈會不知就裏？更何況我一早指出，「舊時月色樓」主人董橋的原意，應該是在維護中文的純淨和典雅，在中文的傳統中，某些稱謂是對人的，某些是對自己的，即所謂的尊稱、敬稱、自稱、謙稱、貶稱等；有些詞彙是描繪別人的，有些是形容自己的，應用起來十分講究，不能混淆。目前坊間中文式微，公司搬遷，自稱「喬遷」；某人退休，自稱「榮休」；港姐參選，自稱「佳麗」，都是不懂中文不知分寸的緣故。我們幾時看到錢鍾書自稱「學問家」，楊憲益自稱「翻譯家」過？我們也不曾聽聞白先勇自稱為「大作家」，余光中自稱為「大詩人」，因此，董橋對青霞殷切叮嚀的原意，是昭然若揭，無可置疑的。然而青霞生性慧黠，她之所以這麼這麼寫，一來是在學習季羨林，文章一開頭要「橫空出硬語」；二來是故意將好友一軍，看看讀者諸君有何反應。果然，書出版了，有人替她不值，有人替她叫屈，甚至有人替她叫陣，似乎要董橋放馬過來，一石激起千層浪，效果驚人！

大家可千萬別忘了，青霞對董橋，十分崇敬，她把他的大書《讀胡適》不但從頭細看，也好好讀懂了！董橋對青霞，情同兄長，他一點也不在乎青霞將他一軍，一面笑呵呵望着青霞，一面對身旁的林道群説：「哎！我可不是這個意思，你寫篇文章，替我説説清楚，説説清楚！」

二〇二一年十一月十三日

作者與林青霞合影於半島酒店（林青霞提供）

# 十二 在半島的時光

從二〇〇八到二〇一二，這幾年的轉變太大，發生的事情也太多，我和青霞各自面臨了種種不同的經歷，有悲有喜，有高峰，有低谷，然而，都走過了，都彼此協助互相勉勵的走過了。除了通電話，我們也不時會晤，而半島酒店，就是我們經常相聚的地方。在這堪稱香港地標的優雅場所，發生了不少趣事樂事或令人難忘的事，雖零星，也略可一記。

半島地處九龍尖沙咀，由於對面不遠處就是香港文化中心和博物館所在，因此往往成為我們參加種種藝術活動之前的棲息地，記得我們曾經從那裏出發去觀賞法國印象派畫展，莫斯科管弦樂演出，法國歌劇《卡門》，以及賴聲川導演的《紅樓夢》歌劇等節目，而每次來半島，我們總會找一個偏在角落不太顯眼的座位，這樣可以確保不受打擾，安靜交談。

儘管如此，青霞的魅力可依然沒法擋，不管她是否背對大堂面向窗口坐，目光銳利的影迷總有辦法把她一眼認出來。不知道多少次，形形色色的各地遊客，多半是來自內地或台灣的，不斷趨前來跟她打招呼，要求合照或簽名。青霞不喜合照，對於簽名，倒是來者不拒。有一回，一個美國來的台灣同胞，拿出一張髒兮兮，皺巴巴的美鈔，請青霞在上面簽個名，完美主義的美人一瞧，發現錢太舊

二〇二一年林青霞與作者在半島互相素描對方（林青霞提供）

了，這可不行，於是二話不說，立即從自己的皮包裏掏出一張簇新的五十元港幣，在上面簽了名，送給癡癡等待着的影迷。那位男士受寵若驚的模樣，至今還記得清清楚楚。

二〇〇七年三月三十一日下午，忽然收到一張青霞發來的傳真（那時候，我們還沒有發展到用手機或電郵通訊），告訴我一個天大的消息，原來她得知香港電影資料館得到了一個《孔夫子》的拷貝，暫時不清楚是不是我父親投資監製的那部影片。說起《孔夫子》，那是早在抗戰時期於上海孤島拍攝的，也是民華影業公司的創業巨獻。這部大製作由費穆導演，攝製經年，耗資十六萬，而當時其他影片的成本平均只是八千元。《孔夫子》於一九四〇年上演時雖然盛況空前，但不久後卻因時局動盪而輾轉遺失了，數十年來杳如黃鶴，音訊全無，因此成為我們全家在飯桌上，一談起就會嘆息不已的憾事。若不是我曾經跟青霞提起過此事，而她又確實記掛在心，我不會知道《孔夫子》重現人間的喜訊，香港電影資料館也不會因此跟我聯繫接洽種種有關事宜，此後的電影修復，重新上演，碟片製作，全球推廣等等後續工作，也不會如此一一實現。如今，《孔夫子》已經成為中國電影史上的一座豐碑，也是香港電影資料館的珍貴典藏，每年向資料館借片獻映的地區或國家，遍及世界各地。

一年後的某一天，就是在半島茶敍後，青霞忽然提議，「現在有空，不如讓我去探望金伯伯吧！」由於事出意外，我當時又有點倦了，不由得猶豫起來，一方面心中暗忖唯美浪漫派老爸，雖然臥病在床，如果看到大美人親臨探望，一定會喜出望外，可能連病都會好了一半；另一方面又擔心他愛美如命，那一回連去

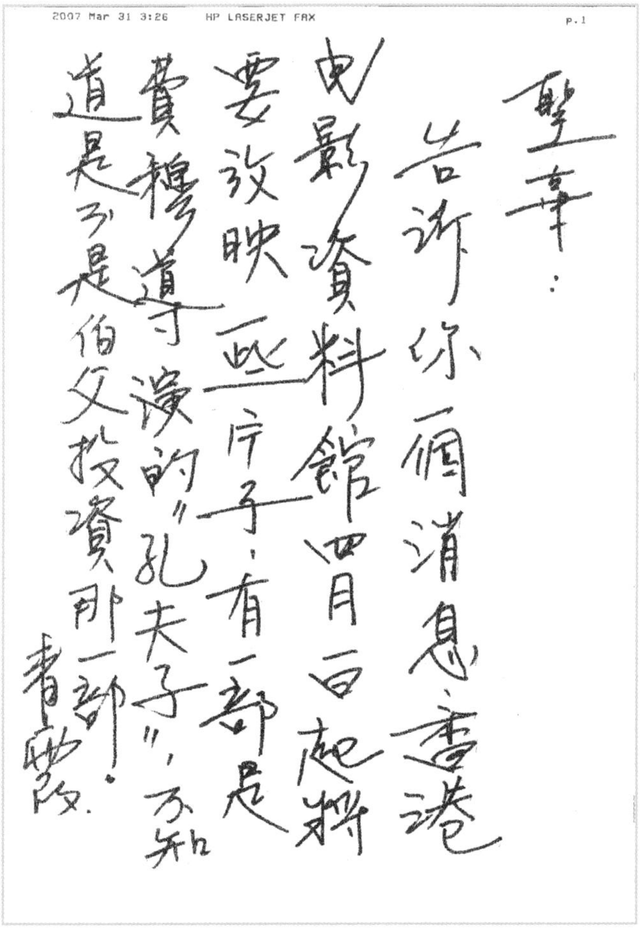

2007 Mar 31 3:26 HP LASERJET FAX p.1

堅章：
告訴你一個消息，香港電影資料館四月一日起將要放映一些片子，有一部是費穆導演的"孔夫子"，不知道是不是伯父投資那一部。

青霞

二〇〇七年林青霞傳來有關《孔夫子》的傳真

加拿大野生動物園遊覽，都要西裝革履穿戴整齊的，如果見到青霞突然到訪，而自己穿着睡衣躺在床上，豈不是會措手不及，自嘆狼狽嗎？因此，我當下推搪起來，「改天吧！反正以後有的是時間！」誰知，人生中的機遇，的確是「一期一會」，錯過了，就是錯過了，恰似滔滔東流水，一去不復還。二〇〇八年六月，爸爸就撒手塵寰了，那樣喜歡電影又欣賞美人的他，始終跟青霞緣慳一面。爸爸走後，我在他的枕頭下，發現壓着那本青霞在誠品買來送給他的大字版《唐詩三百首》，許多書頁摺了角，上面印着的，都是小時候他教我唸的那些詩。

二〇一一年四月的一天，又跟青霞相約在半島。這一回，我們有好幾個月沒見面了。跟她說，這半年來，我在隱居，哪裏也不想去，誰也不想見，她說，「我也一樣」。她仍然是一身淡裝，米色上衣，米色長褲，米色圍巾，米色手袋，素淨得很！我說：「你是唯一一個闊太，沒有拿愛馬仕手袋的」，她說：「愛馬仕我也有」。這個當然，愛不愛顯揚而已！接着，她鄭重其事的宣稱：「我決定要當闊太了」，結了婚十八年，現在才來做闊太？豈不有趣？她接下去說：「我得花花錢，喝喝茶，打打牌，到處旅遊，百事不管，而自得其樂，不要再有內疚感了」。她說得像煞有介事，可是那「闊太」兩個字，說起來像是自嘲似的，不！更像是在說毫不相干的他人！

記得布邁恪的超現實主義小說《黑娃的故事》裏有那麼一段，主人翁原本跟黑娃和白妞兩個女孩坐在床上，突然見到窗戶打開，就從窗口飛了出去，安坐在院子裏一棵桃樹的枝椏上回望室內，發現自己依然在床，於是就像個客卿似的端詳着這另一個Ego的一舉一動，這種從裏到外，再從外到裏，坦然審視自我的本事，可不是人人具備的。青霞演了一百部戲裏不同的角色，既能沉浸其中，又能斷然抽離，那種能耐，就變成了不時體現在她生活中寫作裏，往往出其不意幽自己一默的獨門武功。她說的話寫的文字，常逗得我哈哈大笑，哪怕我正在經歷人生低谷時。

那時候，青霞正在籌備出版她的處女作《窗裏窗外》，付梓前校對內容，設計封面，籌劃新書發表會等等諸多雜務，令她忙得團團轉，因求好心切，有時不免會忐忑緊張，所幸一切都順利進行，新書終於在七月如期出版了。我呢？那段時期混混沌沌，消消沉沉，因外子患罹絕症而哀傷欲絕。樂觀進取的青霞，不時會打電話來鼓勵打氣，為烏雲密佈的天空，帶來絲絲陽光。

那年十二月十七月，我們全家陪同Alan一起到半島去喝下午茶。青霞早替我們訂好了位子，她和女友也坐在旁邊一桌。大廳裏已經佈滿聖誕裝飾，燈光燦爛，華麗悅目，樂聲悠揚中，青霞看到我們一家進來，子女扶着身體虛弱的父親，緩緩而行。這時候，她突然站起身來，靠近外子對我子女說，「你們攙着爸爸，該這樣扶才穩當！這個我有經驗呀！」於是，她親自示範，一手挽着，一手托着，並解釋該如何如何，說完了，要我的女兒、兒子、媳婦三人各自演習一遍，她在一旁細心督導，確保攙扶穩妥了才放心，順便也讓他們平日久坐不動的爸爸趁機運動一下，此時生性靦覥的外子，在瘦削的臉上，露出了久已不見的笑窩。那天，我們一起談笑，一起拍照，度過了溫馨愉快，全然忘憂的下午。

那天在半島，是外子離世前最後一次外出。回憶起來，我們只記得那燈光，那樂聲，那笑語，那香濃的咖啡，那溫暖而真摯的友情！

知道我在寫《談心》系列，兒子說，「你一定要把那次在半島，青霞姐教我怎麼攙扶爸爸的事情寫出來」。

二〇二一年十一月二十日

# 十三　聽余光中一席話

二〇一七年作者與余光中合影於高雄余府

二〇二二年從春到夏，日子過得恍惚而哀傷，終身伴侶遽然離世，留下的是無邊的寂寞與空虛，失去了另一半的扶持和照顧，就如失去了後援的殘兵，孤單一人，在夕照下，沙場上，拖着羸弱的影子踽踽獨行。精神上雖可勉強對付，身體的運作，卻最真切，最不會騙人，最反應實況！

那一陣子，全身的零件，似乎都突然散了架，這裏作怪，那裏失靈，一日一花樣，讓人不知所措，只可以對着匪夷所思的病痛發呆發笑，無所作為。這時候，除了家人的大力支持之外，各方好友的關懷和體卹，就成為最重要的支撐與動力了。青霞的支援特別貼心，來自看似不經意不起眼的細節，卻讓人暖洋洋，銘感難忘。最記得有一天突然雙腳紅腫疼痛，竟然不良於行了。要出門就醫，家裏任何一雙鞋子都套不上腫脹的腳，塑膠拖鞋又硬得不行，青霞一聽，馬上差人送了一雙她穿軟了的舊布鞋來，尺寸比我平日的大，正好合適，否則，我當天根本難以跨出門口。又有一次，因為腰痛發作，無法安坐，到東到西都得帶上墊子同行，椅墊塞在塑膠袋裏，沙沙作響，又礙耳又麻煩，青霞實在看不過眼，不聲不響送了一個 Lanvin 的環保袋來，大小跟墊子一模一樣。再有一回，她去按摩，發現了一種中間開孔的軟膠墊子，使人頭部向下俯身平躺時有所承托，知道我平時也需按摩保健，立即送上這種軟墊來讓我舒壓。聽聞我突然嗅覺失靈，她又趕緊帶我去看專長舌頭針灸的中醫，希望有所幫助。除了這些實際的行動，青霞更在精神上予以全力支持，開始時，她不斷勸勉我「與痛共舞」，不久後，看我意志還算堅強，就乾脆敦促我「把痛吃掉」了！

因此，就在這種「把痛吃掉」的狀態下，我們又恢復了向名家前輩討教學習的歷程。

那年六月二十七日，《明報月刊》總編輯潘耀明推動和創辦的「字遊網」在香港舉行啓用酒會，請來了不少作家學者參與其盛。余光中伉儷也應邀自台來港出席，青霞一聽，認為機會難逢，馬上央我邀請余先生於會後一晤。於是，當晚在酒會之後，余先生推辭了場面熱鬧的「官方」晚宴，答應了青霞盛意拳拳的私人聚會。

在君悅酒店的中餐廳「港灣壹號」裏，青霞初會詩人余光中，雖然兩者都是來自台灣的知名人物，卻素未謀面。在席上，主人除了為貴客殷勤勸酒佈菜之外，少不得要向他請益，虛心求教寫作之道。令大明星想像不到的是，詩人並非不食人間煙火的學苑中人，而是年輕時喜歡披頭四，年長時也不忘嗜愛好戲名劇

二〇〇三年余光中獲得香港中文大學榮譽文學博士學位後與夫人及作者合影

二〇一二年作者、林青霞與余光中伉儷合影

的觀賞客。這從詩人日後欣賞胡歌的《琅琊榜》，前後重看八次的「業績」，可以得到證明。余先生告訴青霞，文章如果寫得好，一提起那地方，讀者就聯想到那作者了。的確，這就是作家引人入勝的地緣，張愛玲寫上海，傅雷譯巴黎，甚至喬志高翻譯費茲傑羅的《大亨小傳》，都是因為他們與筆下的城市，結了深厚的緣份，他們沉浸其中，得到養料，得到滋潤，從而以華美的辭藻，高潔的頌讚，予以回報。

余光中自從一九八五年開始，就在中山大學創校校長李煥的盛情邀約下，出任該校外文所教授兼文學院院長，自此定居當地三十二年，直至去世為止，從未離開。是他的健筆，將原本只讓人聯想到加工區的高雄，改變為一個充滿藝術氣息的地方；是他的高才，讓原有「文化沙漠」之稱的地區，變成了一個詩情洋溢的城市。因此，在某一個意義上，余光中不僅成為中山大學，也成為高雄的代名詞。且看他名詩〈讓春天從高雄出發〉中的一段：

讓春天從高雄登陸
這轟動南部的消息
讓木棉花的火把

用越野賽跑的速度
一路向北方傳達
讓春天從高雄出發

在這首詩中，我們看到的是色彩，動感，和激越的力量！經詩人生花妙筆一揮，高雄活了！這就是余光中要傳授給青霞的妙訣。

除此之外，余先生告訴青霞，寫文章要注意音樂感、節奏感。余光中自己的作品，不論是詩歌，散文或翻譯，都鏗鏘可讀，擲地有聲。他最注重韻律與節奏，不久前，余師母傳來先生翻譯濟慈〈秋之頌〉一詩的手稿，只見稿紙上佈滿密密麻麻的藍字紅批，僅僅是第一二句，就看到一遍又一遍的修改痕跡。原文中「fruitful」一字，詩人就從「瓜果飽孕」，改譯「瓜果飽滿」，再改為「瓜滿果飽」，最終定本為「瓜盈果飽」。由此可見，詩翁寫作或翻譯時，對於語文的含義，節奏，音韻，氣勢的確字斟句酌，時時留意，拿捏得十分細緻用心。

余光中的一席話，對於青霞往後的寫作，影響頗深。青霞最初純粹以得天獨厚的秉賦，旁人難企的經歷來創作，所靠的幾乎全是粵語所說的「天才波」，到了此時此刻，出版了第一本散文集後，求好心切而又謙虛努力的作家，早已從率性盡興的發揮，進化蛻變到有意識有章法的經營了。

青霞每寫一篇文章，都要修改十遍八遍，方才罷休。舉例來說，〈有生命的顏色〉一文，她就前後改了十一遍，這不過是常態而已。在精益求精的過程中，她漸漸領悟到寫作的技巧，例如行文中「被被不絕」，「的的不休」的毛病，囉嗦累贅，拖泥帶水的弊端，都是必須去除的，同一行裏，用過的詞句最好不再重複，除非是作者刻意而為，就如邱吉爾在第二次世界大戰時，發表的著名演講詞「*Blood, Toil, Tears and Sweat*」中，為了振奮民心，提高士氣，不斷重複使用「victory」一詞一般。

隨着時間的推進，我們彼此之間，寫完文章之後，早已從單向的校訂，演變為雙向的審閱了。最近一次，青霞看了我某一篇文章的初稿，傳回一則信息：「你在第一段裏，用了兩個『但是』」！一讀之下，使我不禁暗喜，不禁莞爾！看來，當年余光中的一席話，如今的確起了作用！

二〇二一年十一月二十八日

# 十四　聽傅聰演奏

一九九一年傅聰為香港翻譯學會義演後與會長金聖華合影

「你現在坐着，還是站着？」青霞在電話那頭問，聲音凝重，又很急促，「你先坐下來，坐下來，告訴你一個消息！」

因為跟她幾乎天天通話，彼此之間只要一開口，就知道對方當天心情好不好，身體累不累，可是從來沒有聽到過她這麼嚴重的語氣，這是怎麼回事？

「傅聰進醫院了，他太太 Patsy 也進醫院了，他倆在英國得了新冠！」

二〇二〇年十二月，是青霞第一個告訴我傅聰伉儷雙雙罹病的消息，她的人脈廣，圈子大，我沒有問她消息從何來，只知道一下子大石壓頂，心已經沉到谷底了。

青霞是在我還沒有介紹她認識傅聰之前，就對鋼琴詩人十分欣賞的。由於我是傅雷英法文家書的翻譯者，所以一早就把《傅雷家書》介紹給青霞閱讀。這部膾炙人口的常銷書，自從一九八一年由三聯出版社初版至今，四十年來，銷量早已超過百萬本，在國內成為了家喻戶曉的現代經典。為人子女的，為人家長的，身為音樂或藝術工作者的，從事翻譯或文學創作的，任誰讀了這本兩位傑出藝術家之間的心靈對話，都可以從中得益。

二〇〇五年，浙江古籍出版社的徐忠良先生，有緣到傅敏府上造訪，親睹傅雷筆畫嚴謹，格調高雅的多種手稿，乃興起以傳統古籍宣紙線裝方式影印手跡，來「重現傅雷手稿真跡神韻」的構思。二〇〇六年，宣紙影印線裝版《希臘的雕塑》手稿，正式面世，及時趕上了在上海浦東南匯縣舉辦的「江聲浩蕩話傅雷」——紀念傅雷逝世四十週年的活動。

我從南匯返港後，帶回了一套《希臘的雕塑》手稿送給青霞，她看到這本裝幀精美，古色古香的線裝書，翻閱裏面傅雷為培育愛子以蠅頭小楷手抄的六萬字內容，不由得為這對父子之間的似海親情觸動，正如徐忠良所說：「從他的（傅雷）筆墨點畫裏感受文化的蘊藉，綿厚的父愛」，因此，立即託我再向出版社詢問，看看能否在上海多買幾冊這本珍貴的線裝版手稿。得知上海的福州路藝術書店有售，青霞馬上委託朋友專程飛去上海，搜羅了六冊《希臘的雕塑》，分贈友好。

幾年之後，有一回，青霞偶然在「可凡傾聽」裏，聆聽到「傅聰訪談錄」，一聽之下，更對這位性情中人心悅誠服。青霞自己是個非常真誠的人，最怕虛情假意，所以生平喜歡結交的都是能託付真心的朋友。她的閨密施南生說得好，「青霞最會交朋友」！青霞也景仰有真學問和真性情的前輩，例如季羡林。有一回，她斬釘截鐵的宣稱：「我不會說假話，假如要我說假話，我寧願不說話！」這種豪邁爽朗的氣度，跟傅聰不媚俗不作假的錚錚風骨，倒是不謀而合。

在那次訪談錄中，最令青霞感動的是哪怕訪問者提出尋常不過的問題，傅聰的回答都是經過思考，出自肺腑，極有深度極有內涵的。他的琴藝固然出神入化，毋容置疑，使人心折的更因為他多年來刻苦自勵，奮發圖強，早已在父親傅雷教誨之下，成為了一個真正「德藝兼備，人格卓越的藝術家」。那次之後，傅聰就變成我們交談中不時提起的對象。

二〇一〇年春，得知傅聰即將來深圳演出的消息，我們都十分欣喜。於是，兩人興致勃勃的張羅，計劃怎麼樣從香港去深圳聽演奏會，怎麼樣在會後跟傅聰見面，請他吃飯。因為知道他喜歡牛排鵝肝，青霞打聽之下，知道當地有一家特別出色的鵝肝專門店，趕快預定座位，更叮囑了從演奏廳前往該處的交通安排。正在訪港的唐書璇聽聞此事，也表示要一同前往。一切辦妥之後，我們就充滿憧憬，靜待會晤之期了。

誰知道，天意弄人，命運之手任性無情的操作，決定了人世間一切喜怒哀樂的搬演。就在出發前幾天，檢驗報告確診了外子患上危疾，於是，初春的明媚，

二〇一三年傅聰與林青霞合影

剎那間演變為暮秋的蕭索，片片落葉滿心頭！

因此，青霞直至二〇一三年冬，才有機會聆聽傅聰的演奏。那年十一月二十六日，傅聰來港演出，這次終於機不可失了。我事前跟傅聰和他的經理人劉燕接洽，請他們當天晚上在大會堂演出後跟我們一起去吃飯聊天。雖說吃飯，但演奏結束後，差不多時近十一點了，一般飯店將要打烊，為了選擇適當的地點，青霞又花了不少功夫，最後決定在劉嘉玲開設的西班牙飯店 Zurriola，待其他客人走後，包場設宴，以表示一番誠意。

那天晚上，傅聰演奏的曲目包括海頓的F大調奏鳴曲HOB XVI/29，莫扎特的降B大調奏鳴曲K570，貝多芬的六首巴加泰勒Op.126，以及舒伯特的G大調奏鳴曲D894這些曲子，根據我事後向傅聰的忘年交陳廣琛博士討教，大部份都是屬於作曲家晚期的作品，難度不低。有些可能看起來簡單，但是精神境界非常高，需要演奏家具有爐火純青的技巧和敏銳超凡的感受力，才能好好掌握。此外，有些作品是傅聰演奏了很久的，有些是他後來新練的，然而都是他體會極深的音樂。

演奏過後，我們到後台去找傅聰，那晚他顯得特別疲倦。不知多少次去過後台探班，曾經見過他輕咬煙斗，悠然出神；曾經見過他眉頭緊鎖，汗水透衫；最令人難忘的一次是二〇〇七年十二月也在大會堂演出的那場，在扣人心弦的演奏後，只見音樂家在後台熱汗淋漓，滲透了捆綁身上的醫療背心，原來傅聰來港前不慎在成都機場摔了一跤，右邊兩根肋骨斷裂，為了對藝術的執着和對觀眾的承諾，他堅持繼續演出，這是國內醫院為他特製的護甲，讓他可以忍痛「戴着鐐銬」上台。

作者與傅聰在新亞書院五十週年院慶晚宴上合影

二〇一三年十一月晚上，我們一行人到了Zurriola，寬敞的飯店裏只有我們一桌，大廚特地出來招呼貴客，跟大音樂家欣然合照。飯桌上，傅聰起初話語不多，看得出青霞有點擔心，唯恐招待不周，我悄悄跟她說：「沒事！他累了！」畢竟，已經年近八十了。當晚的菜餚，在青霞悉心安排下，特別精緻可口，吃到第六道菜時，傅聰突然開口道：「西班牙菜，從來沒有吃過這麼好吃的！」說着，他笑了，純得像個孩子！

這次之後，雖然經常通訊，沒有再見傅聰。二〇二〇年十二月二十八日，噩耗傳來，鋼琴詩人不幸讓新冠病毒奪去生命，自此樂壇星沉，世間再也沒有學問如此淵博，內心如此澄明的音樂赤子了！

青霞與我，都哀傷莫名，我們一起為二〇二一年二月《明報月刊》的傅聰專輯寫了悼念文章。一月二十日上午十點，Patsy在倫敦為傅聰舉行追思儀式，遠在上海因疫情不能出席的長子凌霄，透過Internet，在父親悠揚琴聲中，朗讀了李白的《送友人》：

青山橫北郭，白水繞東城。
此地一為別，孤蓬萬里征。

浮雲遊子意，落日故人情。
揮手自茲去，蕭蕭斑馬鳴。
追思禮舉行時正是香港的午後六點鐘，我和青霞不約而同，關上了房門，打開了傅聰彈奏的蕭邦，靜靜聆聽，默默哀悼，為遠去的友人遙寄上無盡的思念。
二〇二一年十二月九日

# 十五

# 「遷想妙得」與饒公

二〇一四年作者與饒公，林青霞在晚宴上合影。

知心的朋友之間，往往有一些「密語」，一說出來，無須多言，彼此就會心領神會，也許，頷首一望；也許，相視一笑，總之，三言兩語，已經道盡了千絲萬縷的思緒。青霞與我，一說到寫作或讀書，最常提起的「密語」，就是「遷想妙得」。

這四個字的來源，與學界泰斗饒宗頤息息相關。

早在上世紀七十年代中，饒宗頤應中文大學之聘，出任中文系講座教授兼系主任，當時，翻譯系有一段時期併入中文系，於是，我跟饒公就順理成章的結下了同系之誼。那時的饒教授雖仍年輕，已然是學貫中西，博古通今的名學者；飄逸不群，琴書自適的藝術家了。儘管如此，他可是非常平易近人，從來不端架子。一九七八年，饒教授在名義上退休，實則退而不休，無論在治學或藝術方面，都層樓更上，拓展更廣了。

饒公的學問，包羅萬有，浩瀚無涯，不提別的，光是對法國敦煌學的開發，就貢獻良多。因此，他跟法國學術文化界淵源極深。由於得知我曾負笈索邦，每次在學術活動的場合見到我，他都特別親切，必定會跟我談談法國風貌或巴黎友人的近況，我也因此能有機會不時跟他閒聊討教。有一回，我好奇的問他，為何每次見到他都精神奕奕，從來不顯疲態，他說：「我練氣功囉！」以為他是哪一派高手宗師，他笑着接下去：「寫字，畫畫，彈古琴，就是練氣功的良方啊！」

原來，饒公平日裏除了研究學問之外，時時與翰墨丹青為伍，閒來更操琴自娛，各種藝術，無一不通，無一不精，而每一涉獵，必然凝神屏息，專心致志，這樣才能達到飽酣淋漓，力透紙背的效果。

二〇〇三年，中文大學決定頒授榮譽文學博士學位予饒宗頤教授，撰寫讚詞的重任，又一次落在我的身上。一如以往，雖然跟饒公稔熟，要描繪這樣一位業精六藝，才備九能的碩學通儒，不得不求助於一次詳盡的專訪面談了。那次在崇基學院的紫荊廳，饒公對我細述了他學術生涯的緣起，一路行來的進展與開拓，最使我感到興趣的是，他的學問博大精深，而吾人生也有涯，如何在短短數十年中，能遍及多門絕學而遊刃有餘呢？饒公跟我說了四字秘笈——「遷想妙得」。而這四個字，就像一把寶庫的鑰匙，在他的生命中，開啓了學術殿堂的輝煌和藝術世界的璀璨！

「遷想妙得」，源自張彥遠《歷代史名畫記》中引用東晉顧愷之論畫所言，原意指畫家作畫時，必須以形寫神，融會貫通，方能創意湧現，氣韻生動。其實，所有的藝術都是互通的，做學問和寫文章也不外如是。自從得知了饒公治學從藝的要訣之後，時時銘記在心，後來認識了青霞，就自自然然以這四字真言與之共勉。

青霞素來極有悟性與慧根，凡事皆能舉一反三，觸類旁通。她自從開始寫作之後，也愛上了閱讀，每讀一書，又能盡量從中吸取養份，通過「遷想」，化為己有，而享「妙得」。最記得她說筆下〈我魂牽夢縈的台北〉一文，是因為讀了超現實主義小說《黑娃的故事》，才寫出那朦朦朧朧，似幻似真的起首；寫〈致前線抗疫英雄〉一信，是受了英文詩劇《趙氏孤兒》中譯的影響，才寫下宛如詩體一般的話語；由於看了海明威的作品，才想起在〈我的右眼珠〉裏，提到醫生動手術開白內障，好像在撥弄 oyster。當然，她最欣賞的太宰治、張愛玲、村上春樹，甚至普魯斯特和米蘭昆德拉的風格與手法，都或多或少反應在她的多篇創作之中。每當她完成一篇新作，我們都會討論再三，每次發現文章裏的某些亮點，我們就會蹦出一句「遷想妙得」來總結，然後相對會心一笑。

二〇一四年，饒公在香港大學舉行書畫展，青霞對大師心儀已久，於是約她一同前往欣賞。會場上看到氣勢磅礴的巨型荷花，那舒放之姿，那恢宏之態，

作者與饒公合影

儼然是力的表現，使人難以相信竟然出自九七高齡的老人之手！的確令人動容！在會場上巧遇饒公的家人，於是促成了不久後會晤饒公的晚宴之約。

記得那次晚宴的地點是尖沙咀某處酒店的宴會廳，賓客濟濟一堂，似乎多是饒公相熟的親朋戚友，眾人看到青霞都特別高興，紛紛上前招呼。開席了，青霞和我一左一右，給安排在饒公兩旁，饒公則精神氣爽，一就座，就拿出特地為青霞準備的橫幅墨寶相贈，上書「青澈霞光」四個大字，蒼勁雄渾，左邊提款「甲午選堂」，並蓋上印章。饒公隨即在飯桌上握着我倆的手，雖然已年將近百，那一股手勁，卻十分有力，超乎常人，大概是日常勤練氣功的緣故！饒公這一握，倒使我們連想起林語堂晚年的一段逸事。在林太乙為父親撰寫的傳記中，曾經有過這麼一段記載：「聖誕節快到，我帶他到永安公司，那裏擠滿了大人小孩在採購禮物，喜氣洋洋。他看見各式各樣燦爛的裝飾品，聽見聖誕頌歌，在櫃枱上抓起一串假珍珠鏈子，而泣不成聲。」（《林語堂傳》）原來，老先生是因為多麼熱愛生命，才會緊緊抓住美好的世情，不肯放手啊！

當晚，饒公胃口甚好，在席上，把晚輩替他夾在碗裏的佳餚全部吃光，看來是長壽之徵，不由得使我們心中暗喜。飯後，所有賓客要求來張大合照，拍照時間拖得很長，老人不得不站着應對，身邊的青霞心疼老人，深怕他累了，於是在一旁暗暗的撐着他，這原是她體諒長者的一貫舉措。在那之前不久，閨密施南生於法國領事館獲頒騎士勳章，商業電台的何佐芝先生也出席盛會，因為演講的時間太久，而九十五歲的何先生為了尊重場合，堅持站着聽，青霞也曾靜靜的走到

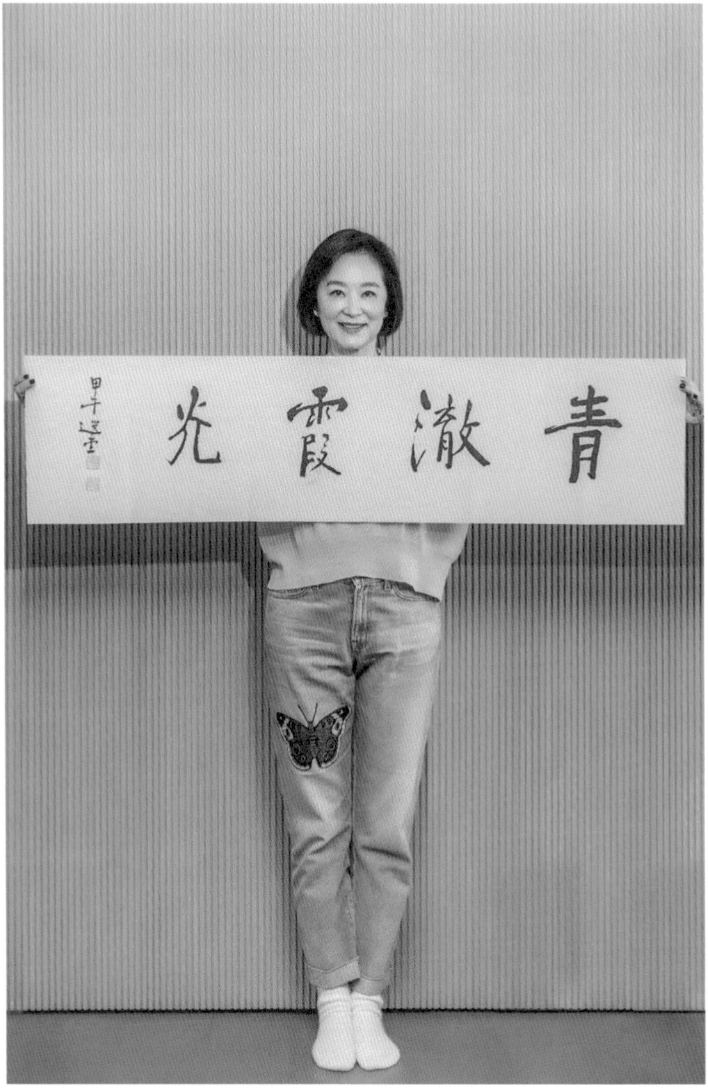


青霞與饒公墨寶（林青霞提供，SWKit 鄧永傑攝影）

他身邊，悄悄的攙扶支撐。「老人家都不喜歡別人扶，我只好假裝沒扶」，她事後體貼的說。

經過了那晚的宴會，使我想起坊間有句話：「北有季羨林，南有饒宗頤」，南饒北季二人，知識淵博，名聞遐邇，乃享譽全球的學問大家，舉世敬仰的殿堂人物，青霞因緣際會，在她從事創作的道路上，不但親炙了兩位大師的風采，更在與大師兩手相握之中，以後輩虔敬謙遜之心，討到了季老的文氣，領悟了饒公「遷想妙得」的要訣。

二〇二一年十二月二十二日

二〇一六年白金雙林會（林青霞提供）

# 十六 雙林會記趣

她們終於見面了！二〇一六年一月七日，在香港大學的禮堂上。她，依然人淡如菊，優雅嫻靜，處身各位名家之中，準備一會兒上台去演講；她，悉心妝容，身披紅綠相間的外套（每次要去見甚麼心儀的前輩，總會穿上討喜的顏色），一到場，就讓眾人簇擁着坐在貴賓席上。

一個是名聞遐邇的大才女，一個是無人不知的大美女，兩位姓「林」的佳人，都來自台灣，曾經有一段時間在寶島上共度，儘管有相同的友人，儘管有可能的場合，然而她倆卻從未在任何地方會晤偶遇過。

早在二〇一五年底，就知道林文月即將來港的消息。自從一九八五年結識之後，由於性情相投，學術興趣相近，我們成為時相過從的好友，其間文月蒞臨香港不少次，十之八九都是應我的邀請而來，包括參加中文大學和翻譯學會的種種活動，這次倒是例外，台灣目宿媒體的《他們在島嶼寫作》要來港宣傳，她跟其他名家如白先勇等應邀前來，其中一場座談會就在港大展開。

得知林文月來港的消息，青霞央我替她從中安排，務必要約對方會晤，以便向這位聞名已久的大才女當面求教寫作之道，最好是請到家裏來，可以在舒適安閒的環境中慢慢聊天。然而事實似乎比想像複雜些，一來目宿的行程不定，每

作者早年與林文月合影

天都在變化中，叫人難以適從；二來文月性情內向，她盡可以在課室裏殷殷執教，在講台上侃侃而談，但是私底下除了相熟的朋友，卻是近乎訥言靦覥的，曾經說過：「我自己原本也是不擅長言辭的人，與陌生人見面，也常是拙於攀談」（見〈怕羞的學者〉）。因此，要她在繁忙的日程裏，抽出時間來，結識一個素未謀面的朋友，不知道是不是強人所難？幸虧尚有白先勇同行，這麼多熟人在旁，屆時的雙林會，想來應該不會太多冷場吧？

座談會當晚，原本青霞安排了邀請林、白二人到她家裏去共進晚餐，後來得知演講的時間會拖得很長，惟有改為宵夜。座談會後聽眾反應熱烈，書迷團團包圍着名家索求簽名合照，場面似乎有點失控，幾經忙亂，方能殺出重圍，把文月母女和白先勇請到了青霞的七人車上，向着她的半山書房疾馳而去。

青霞的半山書房環境清幽，專門作為讀書、寫作和招待朋友之用，不久前才由好友張叔平裝修完畢。她在文章裏曾經提過，這裏「視角範圍內每一個角落都是藝術」。除了室內四壁所掛常玉、張大千、呂壽琨的名畫，窗外璀璨奪目一覽無盡的維港夜景，滿屋鮮花，那張在客廳裏斜斜放置的貴妃椅，最引人遐思。早在裝修之前，我們就在閒聊中對這個半山公寓動了不少念頭。有一天，我說：「這裏最適合開文化沙龍，客廳裏一定得有張貴妃椅」。其實，我當時心裏想的是多年前在羅浮宮裏看到的一幅名畫：*Portrait of Madame Recamier.* 這幅畫是由擅長描摹拿破崙的名畫家Jacques-Louis David於一八〇〇年所繪。雷加米埃夫人是十九世紀初法國一位著名的沙龍女主人，畫中人身披紗裙，慵懶地側躺在一張貴妃椅上，巧笑倩兮，美目盼兮，一見就令人難忘，難怪顛倒眾生，座上著名賓客無數。青霞才貌出眾，又熱愛文學，由她來主持文藝沙龍，到時一眾文人雅士圍繞在貴妃椅旁，跟沙龍女主暢論詩文，笑談風月，豈不妙哉？半山書房裝修

作者與林文月合影

完畢了，客廳中果然有這麼一張椅子，斜斜放置在電視前，陽台旁。有趣的是，我曾經參加過多次半山書房的雅集，在此遇見不少知名人士如賴聲川、王安憶、潘耀明、董橋、白先勇、金耀基等，卻從來不曾看見青霞好好利用過這張椅子，倒是聽說有一回龍應台來了，一眼就瞄到有利位置，認為在這貴妃椅處演講最有氣勢。唯一看到青霞利用貴妃椅的一次發生在最近，她可不是風情萬種地斜靠其上，而是畢恭畢敬站在椅後向好友獻藝，努力把剛學不久的京劇《三家店》和《四郎探母》唱好。

雙林會的那天晚上，青霞更閒不下來，自然無法顧及貴妃椅。貴客駕到，她熱誠招呼，斟酒倒茶，忙得不亦樂乎。原本設想的晚宴，是請人到會，以鮑參翅肚饗客的，這下改為宵夜，就不得不臨時換陣了。她搬出家裏的拿手菜來招待客人。文月母女，白先勇，主人和我一共五人，團團圍着圓桌坐下，一邊吃一邊聊。話匣子打開不久，青霞一面指着我，一面突然問文月：「她為甚麼老說你很害羞？你現在還害不害羞？」文月羞怯地抿嘴一笑，沒有回答，反而把問題拋給了白先勇，「那你害不害羞呢？」白先勇接口說，他中學時代也是很怕羞的，常常木訥寡言，這可是令人意料不到的。這邊廂，我因為猝不及防，弄得很不好意思，趕緊喃喃解釋道：「我是說文月很低調呀！」「哪裏，你明明是說害羞嘛！」佻皮的青霞在一旁偏偏要加上一句來捉弄人。林文月可毫不在意，青霞則坦承自己其實也生性害羞，之所以愛演戲，是因為在戲中可以幻化為各種各樣不同的角色，不是在演自己。這一下，各人抒發己見，飯桌上原先略為拘謹的氣氛馬上放鬆了，大家開始暢所欲言，無拘無束起來。說着聊着，青霞又吩咐傭人煮麵煮餃子煮湯圓，吃完一道又一道，還搬出樓上鄰居那裏弄到的南瓜子來嗑，那光景，就恍如我們小時候在台灣住眷村或大雜院時的感覺，鄰里相親，和睦共處，在公用的空地上，這家搬出一道紅豆湯，那家搬出一個大西瓜，大家圍着共享，閒話家常，不是甚麼山珍海味，卻飽含了窩心的暖意，滲透了脈脈的溫情。

林青霞和林文月，一個是生於台灣原籍山東的北地佳人；一個是生於上海原籍台灣的南國女兒，一位清麗脱俗，風姿颯爽；一位溫婉含蓄，嫻雅雍容，兩者都美而有才，最難得的是她們都有一顆善良的心。有一回，文月來訪，我帶她上香港山頂遊覽，她眺望着山下密密麻麻的建築群，忽然幽幽喟嘆，「身上壓着這麼多房屋，土地好累啊！」另一回，青霞府邸遭受狗仔隊騷擾航拍，影迷團愛林泉替她不值，她卻不以為意説，「狗仔隊也得吃飯啊！」原來這兩位佳人同樣慈悲為懷，對世間萬物都充滿了大愛。她們的文章，不是靠華辭麗藻，不是靠尋章摘句，而是靠她們人格的魅力，下筆才份外動人。記得在一篇文章裏，文月提及她應邀赴約，到了一處學術機構的會客室，因為習慣早到，她在室內靜候期間，看到牆上四壁掛滿了先賢哲人的照片，有的掛歪了，有的蒙了塵，反正閒着，她就謙恭的去把照片扶正，抹去上面的灰塵；青霞在最近發表的〈膽大包天〉中寫道，她在葛蘭家中看到一些茶墊，上面全是五十年代大明星的頭像，如張揚、喬宏、雷震、林翠、葉楓、尤敏等，「那美麗的臉蛋上點點水滴，像汗又像淚的我見猶憐」，於是，她趕快把這些印着前輩的茶墊擦乾淨放在一旁。乍一看，這兩位蕙質蘭心的林姓才女何其相像啊？難怪她們筆下的作品才如此讓人觸動心弦，經久難忘！

雙林會終於在最最溫馨舒坦的狀態下落幕了。林文月說過：「我用文字記下生活，事過境遷，日子過去了，文字留下來，文字不但記下我的生活，也豐富了我的生活」（〈八十自述〉）這段話，林青霞不會忘記，她目前正在身體力行。

二〇二二年一月三日

作者與白先勇、林青霞合影。

# 十七　白公子與紅樓夢

林青霞與白先勇本來就相識，一個是文壇翹楚，一個是影壇紅星，彼此遙遙欣賞，互相尊重。許多年前，白先勇的小說〈謫仙記〉改編為電影《最後的貴族》，屬意林青霞出演書中主角李彤，認為這樣一位「頭角崢嶸，光芒四射的角色」，只有林青霞，才能展現出所需的「一身傲氣、貴氣」，而林青霞當時也怦然心動，躍然欲試。後來因為種種原因沒有成事，對雙方來說，都是一種縈繞心中，揮之不去的遺憾。

白先勇曾經於八〇年代初見過林青霞，當時在白公子眼中，已然紅透半邊天的林美人看起來「有幾分矜持，坐在那裏，不多言語，一股冷艷逼人」；誰想到當年的青霞是因為害羞靦覥，才訥於言辭，他哪裏知道她一點不冷，還是個「溫馨體貼的可人兒」呢？林青霞二十多年後再見白先勇時，心目中視對方為名聞遐邇的大作家，學貫中西，高不可攀，只可以仰望，不可以近觀，她又哪裏料到他原來是位古道熱腸，最可親可近，即之如沐春風的性情中人？一直到二〇〇七年，青霞在我遊說之下，一起赴京觀賞《青春版牡丹亭》的演出之後，他們兩位才真正稔熟起來。

隨後的幾年，由於竭力弘揚崑曲的緣故，白先勇經常應邀蒞臨講學，每次來港，我們三人都會爭取機會見面。那時候在多次會晤中，白先勇常表示自己筆下的眾多作品，如〈玉卿嫂〉、〈金大班的最後一夜〉等都已經改編成戲劇或電影，唯獨〈永遠的尹雪艷〉從未搬上舞台或銀幕，而他確信能演活這位「遺世獨立的冰雪美人」的最佳人選，非林青霞莫屬；至於林青霞，思忖如要復出拍片，這尹雪艷，也是最天造地設的角色。記得當時話題一起，大家都興奮得不得了，腦筋裏不停打轉，認為要拍攝〈永遠的尹雪艷〉，張叔平是一定得出馬助陣的；導演請誰最好呢？李安？他太忙了，恐怕沒有空檔，還有王家衛呀！對了，就是王家衛，白先勇欣然認同。我們樂了好一陣，似乎覺得此事已水到渠成，十拿九穩了，後來不知道誰去聯繫了王家衛，方得知他當時正忙於籌拍《一代宗師》，反而有意邀請青霞重出江湖，接拍此戲要角。此外，就算要改編白氏名作，王大導似乎對尹雪艷反應一般，倒是對〈遊園驚夢〉更為欣賞。

〈遊園驚夢〉是白先勇歷來最費神創作的小說，前後大改五遍，耗時半年，最後採取了意識流的手法，才終於完稿，因此，他也對這個作品情有獨鍾，當下提出不如改拍〈遊園驚夢〉吧！我們都同意由青霞飾演錢夫人一角，亦必定會風姿嫣然，熠熠生輝的。可惜的是，當時的青霞仍未正式接觸傳統戲劇，連京劇都沒開始學，更別説崑曲了，因此，對錢夫人一角，興趣不大。於是，林青霞與白先勇在影壇文壇上雙劍合璧煥發異彩的夢想，又一次落空了。

白先勇是永遠停不下來的，他在二十一世紀所做的工作，成就驚人！除了崑曲，他於二〇一二年出版了《父親與民國：白崇禧將軍身影集》，二〇一四年出版《止痛療傷：白崇禧將軍與二二八》，還歷史一個真相。每次出版新書，他必定會贈送青霞和我一人一套，而每次來港推廣新作，青霞必定會設宴招待，以便跟作家就近交談。為了不白白浪費學習的良機，我們當然會事先詳細研讀，好好做功課的，有一次，就跟白先勇足足聊了七個小時。

二〇一四年起，白老師在台灣大學開設《紅樓夢》導讀通識課程，把畢生對這部經典名著努力鑽研的心得，傾囊相授。這下，可是大好機會來臨了，好學不倦的現代怡紅公子林青霞，又豈容錯過呢？那年十二月一日，我們相約前往台大去聽白先勇講《紅樓夢》，記得當天氣溫驟降，天色陰沉，但是完全不減我們一行人的興致，車子進入台大校園，青霞對同行的女兒説：「你看，這就是你媽媽當年考不上的大學」，當時我心想幸虧如此，否則，影壇可就少了這顆矚目的天皇巨星啊！

那天，白先勇課上教的是六十六到六十八回紅樓二尤的片段，講來淋漓盡致，精彩絕倫，一連三個鐘頭而面不改容，青霞一面聽一面做筆記，課後邀請白先勇一起到七星級的文華酒店法國餐館去同進晚餐，席間還跟教授繼續討論課題內容，她曾經說，「我最喜歡上課了」，看來一點不假。

二〇一六年，白老師出版了《白先勇細說紅樓夢》這套洋洋一千零四十頁，共分三冊的大書，立即贈送我們各人一套。白先勇講紅樓，完全是以一個偉大小說家評論一部偉大經典的角度來談的，他是曹雪芹的知音，兩者隔空隔代心靈互通，精神契合。正如白先勇的老師葉嘉瑩教授所說，「《紅樓夢》是一大奇書，而此書之能得白先勇先生取而悅之，則是一大奇遇」，然而更為難得的是，這奇遇的主人卻認為「從電影、電視、各類戲劇中，真還看過不少男男女女的賈寶玉，怎麼比來比去，還是林青霞的賈寶玉最接近《紅樓夢》裏的神瑛侍者怡紅公子」。白先勇認為寶玉身上有股靈氣，青霞身上也有股謫仙之氣，所以，不必刻意去演，也就自然神似了！因此，白先勇與林青霞的確是惺惺相惜的。

二〇一七年，白先勇出任中文大學博文講座教授，三月二十七日，幸逢中大何善衡書院慶祝成立十週年，白教授應邀來港主講《紅樓夢》，由我擔任主持，這樣的講座，青霞當然不會錯過。這一次紅書與白說的結合，更促使我們對紅樓夢興趣倍增了，於是，展開了日日夜夜說紅樓的歷程：我們把兩千多頁的「程乙本」，一千多頁的《細說紅樓夢》並列在案頭，一心一意專注在這本無數學人作者尊奉為「文學聖經」的奇書上，一有空，就互相參照，翻閱起來。

青霞每看到一處有趣的情節，就要來電聊聊，有時是午夜，有時是清晨，那一回，她於清晨七點在電話中說：「原來紅樓夢賈府給貼士（小賬）給那麼多啊！光給貼士就可以給窮了！」她說的是第五十三、五十四回中，榮國府元宵開夜宴，賈母賞賜戲班，「豁啷啷」滿台撒錢的情節，接着又喃喃自語，「那我以後給貼士可要給雙倍啊！」我曾親眼見過她於舊曆新年時，在日本飯店給四五十個認識或不認識的侍者團團圍住，索取新年利是（紅包）的光景，當時她不也是出手豪爽，跟賈母的氣派不相上下嗎？那一陣，我們日也紅樓，夜也紅樓，一打開話匣子，三句不離紅樓夢，青霞的記性特別好，這也就造成了她日後在尋常閒談裏，往往會突然蹦出一句絕妙精句，你若誇獎一下，一時裏又想不起出自何典，她就會得意的大笑：「這是紅樓夢裏說的呀」！

二〇二〇年初，青霞一家去澳洲農場暫住，她帶了好幾箱書，最要緊的就是

作者主持白先勇在善衡書院講《紅樓夢》

《白先勇細說紅樓夢》，在遙遠的彼邦，她又把這部大書從頭細看一遍，從而悟出了許多寫作的要訣，使自己「茅塞頓開，文思泉湧」，那些膾炙人口的佳作，如〈高跟鞋與平底鞋〉、〈閨密〉、〈知音〉等等，就是因為白公子與紅樓夢賜予的靈感，才下筆暢順，源源而出。

二〇二二年一月九日

# 十八　高桌晚宴與榮譽院士

二〇一八年作者與林青霞合影（善衡書院提供）

二〇一七年三月二十九日，中文大學善衡書院舉行十週年 High Table Dinner（高桌晚宴），邀請白先勇主講「我的生平——從文學到文化」，我問青霞有沒有興趣參加？

「甚麼是 High Table Dinner？」青霞好奇的問，面對着不是學苑中人的她，我不想太囉嗦，只說了一句：「去學院跟全院師生一起吃飯，聽演講，就像 Harry Potter 電影裏演的一樣。」青霞一聽，馬上興致勃勃，可不是嗎？白先勇加 Harry Potter，誰拒絕得了？

高桌晚宴，源自中世紀英國高等學府牛津和劍橋，當年的學生都是出自名門的世家子弟，因此，用晚餐時師生共聚，並由學院院長主理其事，學生都得披上正式學袍，派頭十足，這種傳統，沿襲至今，是為不少名校的特色。

當天，不僅僅是演講，也是白先勇榮膺善衡書院榮譽院士的大日子，我們到達後，先在會議廳裏跟白先勇見面，向他道賀，然後分別披上書院學袍（青霞穿上來客袍，我已然是善衡榮譽院士，於是披上院士袍），在大堂門口合影之後，就進入會場。青霞環顧四周，發現偌大的禮堂，坐滿了穿上學袍的大學生，我們在靠近講台的餐桌坐下，長桌上已經有其他貴賓在座了。不久，樂聲悠揚，全體

二〇一八年中文大學善衡書院高桌晚宴（善衡書院提供）

起立，辛世文院長親自帶領主講嘉賓和書院要員，一行人徐徐步入禮堂，踏上講台，走到高桌前，接着，院長拿起桌上的木槌，錘擊三次，宣告晚宴正式開始。青霞是見慣大場面的，然而看到這樣莊嚴肅穆，與別不同的學苑風光，仍覺得既新奇又有趣。

當晚的演講，精彩感人，在演講後的問答環節，有學生向白先勇提問：「文學，到底有甚麼用？」記得那學生似乎是讀醫科的，非常醒目，問題有點尖鋭，帶點挑釁，白先勇的答案卻出乎意外。他平靜的説，「文學是沒有用的！」然後接着解釋，從世俗的觀點來看，文學並沒有甚麼實用價值。的確，文學不能吃，不能喝，不能穿，不能戴，要解決民生問題或改進物質享受，似乎一無用處。然而，這世界如果只有數據，只有公式，只有規條，只有理論，又會變成甚麼模樣？文學其實是抒發感情，探究內心，反映真相，啓迪性靈的最佳途徑，正如白先勇曾經解答法國《解放報》的提問——他為何寫作？「我希望把人類心靈中無言的痛楚轉化為文字」。

當晚的高桌晚宴結束了，然而睿智的話語，熱烈的氣氛，仍然在心中迴盪，一切都讓青霞留下了深刻的印象，也直接促成了一年後，她欣然答應善衡書院的邀請，出任榮譽院士的盛舉。

善衡的辛世文院長，乃國際知名的科學家，曾經跟現代神農袁隆平博士攜手合作，從事雜交水稻的研究，貢獻良多。辛院長對青霞多年來推廣電影藝術的傑出成就，非常欣賞，誠邀她出任善衡書院的榮譽院士，高桌晚宴與頒授儀式定於二〇一八年三月二十一日進行。那天青霞特地穿上一件端莊的黑色長衣，胸前佩戴着一朵碩大的白色襟花，看來黑白分明，典雅雍容，一把長髮，梳起了馬尾，披上黑底黃邊的院士袍後，更顯得神采奕奕，容光煥發。我們到達後，青霞首先接受書院專訪，她跟採訪者娓娓而談，知無不言，言無不盡，把學生時代，從影經過，創作過程一一道來，令人深深感受到她的坦率和真誠。

典禮依時開始，這次，我們一行人，包括貴賓王安憶、潘耀明等跟隨院長一起步上講台，又一次在樂聲悠揚中，重溫了一年前高桌晚宴莊嚴肅穆的程序。

當晚，青霞以「實現不敢想的夢想」為題，向善衡書院全院師生發表演講。我坐在台上，向下俯視，發現整個大廳密密麻麻，坐滿了五百多位披上學袍的學生，看到傳奇人物林青霞竟然蒞臨來現身說法，大家都全神貫注，目不轉睛盯着台上端詳。

二〇一八年林青霞榮獲中文大學善衡書院榮譽院士，與作者合影。
（善衡書院提供）

青霞一開始，就直截了當進入主題，告訴台下的年輕人說，自幼就喜歡看電影，對電影世界充滿了好奇，但是從來也不敢夢想有朝一日，自己會踏入這個彩色繽紛的圈子，直至有一天，在街上讓星探發掘，才夢想成真。她坦承「拍戲絕對不是件輕鬆的事，得上山、下海、挨凍、挨熱、挨夜，有時候還會拍些危險性的鏡頭，但我樂此不疲，再苦也不怕」。接着，她開始細數從影以來，拍攝多部經典作品的驚險事件，如拍《龍門客棧》時受到竹劍刺眼，拍《警察故事》時，給武術指導扛起甩進櫃裏，腿部瘀傷等等，她說得繪聲繪影，學生聽得屏息凝神。一眼望去，從來沒有看到年輕人聽演講聽得這麼投入專注過。講者說到動容處，觀眾席裏還不時爆出如雷的笑聲和掌聲。

此時的我，不由得在心中暗忖，青霞當年考不上大學，曾經自以為將來的出路，不是當秘書，就是當空姐，誰料到一個十七歲怯生生的小女孩，居然會拍起電影來，而一登銀幕，又竟然會憑藉《窗外》一角，一夜爆紅？此後叱吒影壇廿二年，息影至今，盛譽不衰，這一切，到底純然是由於命運眷顧，還是其他因素使然？

青霞曾經告訴過我，當年，她家住台北縣三重市時，有一天在家門口，看到遠處三三兩兩的鄰居大娘，背着裝棉襖的大布袋走來，她們剛擺完地攤，一路開心的有說有笑，使幼年的她留下深刻的印象，心想怎麼擺地攤也可以這麼快樂？後來拍攝《窗外》時搬到台北市，生活條件較好了，想到將來也許成名了，自己又會變得如何？會好高騖遠嗎？會得意忘形嗎？這時，忽然有所感悟，不會的，只要能夠保持平常心，把自己放在最開始最原來的本位，始終不忘初衷，那麼，就算將來星運有高有低，機遇有起有落，就算有一天，一切重回到起點，又有何妨？這樣磊落坦蕩的心態，使她經歷了生命中大大小小的坎兒，永遠處變不驚，永遠泰然自若。當年那些擺地攤婦女自力更生的形象，也就因而留存在內心深處，歷久不忘。

這時，講完了從影的故事，青霞對着滿堂年輕學子語重心長的說：「你要有夢想，宇宙會接收到你的信息，有時候連你不敢想的夢想都有可能會實現」，她又接着鼓勵大家：「每一個人都有屬於自己天賦的本領和魅力，你要發掘出來並善以利用」。回首一望，我看到台下靠右邊上那位修讀宗教研究的男學生，由於患了脊髓肌肉萎縮症，全身自頸部以下不能動彈，所以一直卡在輪椅中專心聆聽，這會兒，他忽然雙眼發亮，嘴角上揚！「同學們，要有夢想，要發覺自己的特長，要勇往直前將它發揚光大，最後勝利必定是屬於你的」。演講完畢，青霞步下講台，特地走到那位男孩子的身邊，摟着他在他臉上憐惜的親了一下。此時，她的由衷之言，過來人語，仍在大禮堂的空氣中悠悠流轉，裊裊進入眾多年輕學子的心坎。

這次演講，極為成功，青霞曾經以為自己不善言辭，不願意作公開演講，經過這次高桌晚宴，終於使她重拾信心，再無顧忌。

二〇二二年一月十四日

# 十九　「三部曲」的故事

林青霞在書房（林青霞提供，SWKit 鄧永傑攝影）

林青霞自二〇〇四發表第一篇文章，至今二〇二二，十八年來完成了三部作品：《窗裏窗外》（二〇一一），《雲去雲來》（二〇一四），《鏡前鏡後》（二〇二〇），是為林氏「三部曲」。

經歷了十八年漫長的歲月，共出版了三部著作，對一個專業的作家來說，並不算多產豐收；然而以一個曾經叱咤影壇而從未涉足文壇的新手來說，卻是一項令人驚喜的成績。這十八年來，眼看着她從紅毯轉換跑道，跨進綠茵；眼看着她從一個初出茅廬怯生生的狀態，到揮灑自如信心滿滿的今天，我確實是全程隨伴着她，見證她如何一步一腳印，從鄉間小徑走到這條康莊大道上來的。

很多年前，有一次，我們相約去又一城逛街，記得那天，我很想去書店看看有沒有《紅樓夢》的英譯本，以便介紹給這位現世怡紅公子，於是我們走進商場的書店 Page One 去瀏覽，我指着當眼處一排書架跟青霞說，「有一天，你的書也會放在這架上」。當時她笑得很燦爛，說這是連想也不敢想的美夢。接着，我們到另一層樓的咖啡座去喝茶，找了個靠窗的位置坐下，望着窗外風中輕搖的綠樹，午後的陽光斜斜射入，舒適而慵懶，兩人有一搭沒一搭閒聊着，心底隱隱然做着遙遠的夢。

那時候，青霞還沒有發表多少作品，從二〇〇四到二〇〇六年，她初試啼聲一共寫了五篇文章，當時，她是在稿紙上寫作的，文章上塗塗改改，紙頁邊添添加加，最能顯示出原始構思的狀態，寫完了初稿就傳過來，往往在清晨六七點我睡夢初醒，而她將睡未睡的時刻，那是一段我們在傳真機上頻頻往返的日子。接着，她進入準高科技時代，文章寫好了，叫秘書打入電腦，然後通過電郵，再傳給朋友。不管如何，這段時期，她還是很努力的在紙上寫稿，曾經說過，「我喜歡一個字一個字地寫在稿紙上，寫不好就把稿紙搓成一團往地上丟，丟得滿地一球一球的，感覺就像以前電影裏的窮作家，很有戲。」到底不愧是影壇中人，這段話，極為傳神，「很有戲」寥寥三個字，就把自己既是劇中人，又是局外人的雙重身份，刻劃得玲瓏剔透了。

到了二〇一〇年，青霞終於開始用電腦了，〈仙人〉是她第一篇真正用電腦寫作的文章，以前給好友施南生勸勉要學習電腦，遲遲沒有反應，這會兒自覺「我這塊生鐵給敲得噹噹響」，終於痛下決心付諸行動了。用了電腦，傳了電郵，好像跟世界接上了軌，可惜因而再也看不到她的手稿了。問她，以前那些佈滿斑斑心血的手稿呢？「都撕了！」她說。為甚麼撕了？「因為寫得不夠好。」

完美主義的作家，不想留下一絲一毫不完美，於是，筆耕園圃上一道道翻土犁田的痕跡，也就因此隱而不見了。從此，惟有在好友的電腦上，還留下一稿，二稿，三稿，甚至十幾稿不斷修改如長蛇陣般的電郵，足以反映出她在寫作過程中，那不厭其煩的辛勤和鍥而不捨的努力。

盤點起來，青霞是自從在二〇〇七年底，發表了〈完美的手〉之後，才文思湧現，創意勃發的，看來，她真正討到了季老的文氣。二〇〇八年是她的豐收年，一共發表了十九篇文章，比前幾年翻了好幾倍，到了二〇一一年初，加起來已有四十五篇，雖然文章篇幅較短，但也足以結集出書了。

新書如何命名？青霞原本是為人取名的高手，輪到自己時，因求好心切，就顯得舉棋不定了。各方友好的建議，多不勝數，有長有短，有古典的，有新潮的，叫她難以取捨，琢磨了兩年有餘，終於在最後一刻決定採用我所提議的《窗裏窗外》。青霞早年因拍攝處女作《窗外》，一夜成名，隨即奔波窗外廿二載，在影壇留下輝煌傲人的業績；此後息影，歸隱窗裏，十餘年來與家人的親情，與朋友的交往，生活中的感悟與樂趣等，總括起來，這一切以《窗裏窗外》四字來涵蓋的確也算恰當。

林氏「三部曲」（林青霞提供）

在這第一本文集裏，除了前文提及的那些作品，還有好幾篇文章令我印象特別深刻。第一輯「戲」裏，說的都是她當年從影時的事蹟，她是說故事高手，幾乎所有內容在創作前，都聽她親口活靈活現的描述過，但是，讀她的文章時仍有驚喜。《東方不敗》是她轉型武俠片的代表作，影響深遠，自此影迷多年來對她一直以教主相稱，難得當事人在〈甘苦談〉中，居然自嘲「銀幕上的我神勇威武，銀幕下的我灰頭土臉」，那生動詼諧的文字，配上眼神銳利，氣勢淩人的劇照，真是絕了！第二輯「親」裏，〈家鄉〉一文，說的是作者返回老家，在濟南的一條陋巷裏，看到了一個山東老大娘的故事。其中一段青霞與大娘用山東話的對白，網上流傳過一段視頻，讓人看得嘻哈絕倒，又觸動心弦。最難忘的是青霞說到老人不信大明星突然降臨，拄着拐杖戴上老花眼鏡來端詳，「我把臉湊上去讓她看仔細」，好讓她像鑒定珠寶似的，這是何等妥帖周到的心思啊！前不久，讀到潘耀明著《這感情仍會在你心中流動》一書，裏面提到新鳳霞初見齊白石時，老人為她的奪人風采所吸引，目不轉睛的盯着她瞧，新鳳霞不但不以為忤，還大方的走到老畫家面前說：「我是唱戲的，就是叫人看的。您只管看吧。」難怪老人不但收她為乾女兒，並樂意收之為徒，把畢生絕活傾囊相授了。原來，人美心善的今昔佳人，行事舉措如出一轍呢！第四輯中〈一秒鐘的交會〉，篇幅雖短，卻最有情趣。內容說的是青霞參加一次文化之旅，在半途車停路口的一幅街頭即景。車上的旅人因無聊探目車外，路邊小屋裏的孩子因寂寞眺望窗外，剎那間這一大一小四目交投了——在細雨霏霏中，在寂靜無聲中！多麼富有電影感的一幕！名作家王蒙曾經點名讚許過這篇文章，青霞和我也曾經為了這篇創作於二〇一〇年的小品而浮想聯翩。記得在二〇一一年初的某一天，我倆在閒聊，青霞說幾天前去北京，遇到畫家李松松，看到他的作品，認為他年輕而有才華，風度翩翩，做事也很得體。我說，「那你為甚麼不把《一秒鐘的交會》電影裏的男主角由數學家改變為畫家呢？」我們說的是前些日子裏天馬行空合編的情節，原來當時我們曾經幻想過把那文章首先改寫成一篇小說，再改編為一個穿梭劇，讓戲裏的小男孩長大後變成一個數學家，在某時某刻邂逅了兒時曾經四目交投過的名作家，之後的發展如夢如幻，就像《時光倒流七十年》那齣膾炙人口的浪漫愛情片一般。第六輯〈小花〉一文中，作者感嘆「巨石歷經了千年滄桑，依然能開出美麗的花朵」，人世間的一切磨難，一切考驗，又算得了甚麼？這也是我們這十八年來一起走過的歷程中所秉持的信念和啓悟。

第二本書《雲去雲來》於二〇一四年出版，收集了三年以來她所創作的二十四篇文章。雖然這次一切都已有規模，出版社依舊不變，張叔平的設計依然出色，但青霞是最不喜墨守成規的，想方設法要在這第二本作品中推陳出新。在這本書裏，她製作了一個CD，朗讀了五篇重要的文章，其中〈不丹，虎穴寺〉就是她的代序。在這篇文章裏，作者借用宋詞《聽雨》，以「少年聽雨歌樓上」，「壯年聽雨客舟中」，「而今聽雨僧廬下」來描述自己經歷少年、盛年、中年的三個人生階段，曾經大紅大紫，火紅火綠，如今雲淡風清，心境平和，「能夠看本好書，與朋友交換寫作心得，已然滿足」。這意境，確是恬淡曠達。文集趕在青霞六十華誕前出版，成為壽宴中酬客的最佳禮物。一本設計優雅的作品，放置在每一位來客面前的大紅口袋中，顯得喜氣洋洋，才氣橫溢的主人周旋在眾友之間，笑得像朵綻放的花，有甚麼比自己的心血結晶再次面世更令人欣悅？

第三本著作《鏡前鏡後》，是醞釀久而成書快的作品。二〇一五年，青霞參加了湖南衛視推出的《偶像來了》真人秀，全副精神投放在攝製的狀態下，寫作的事自然暫且無暇兼顧了。此後的幾年，偶爾動筆，斷斷續續發表了一些文章，直至二〇二〇年全球新冠肺炎肆虐，青霞在避疫期間，埋首讀書，潛心用功，創作力才再次爆發，在文學的長途中攀登了另一個高峰。二〇二〇年初，青霞前往國外農場小住，行囊中不忘帶上大量書籍，此時的她，已經從早年家中四壁無字的狀態，進化到日日無書不歡的境地了。她在寧靜安逸的環境中，藍天碧雲下，綠樹池塘邊，把白先勇的大書《細說紅樓夢》又悉心從頭細讀一遍，吸收其中飽涵的養份，從而領悟了文學作品中，如何剪裁鋪墊，敍事繪人的妙訣，好評如潮的〈高跟鞋與平底鞋〉一文，就是當時的產物。那段日子，我們雖然遠隔千里，但是天天音訊不斷，我催促她乘勝追擊，乾脆多寫幾篇，向着那年生日前出版第三本書的目標進發吧！她說，哪裏可能，催多了，她倒給我安了一個「軟鞭」的名堂。五月，青霞返港，我繼續催，她繼續寫，結果，一篇篇份量十足內容豐富的作品，居然真給催生出來了，包括最傳頌一時的〈男版林青霞〉、〈閨密〉，以及〈走進張愛玲〉等等文章，那年她一共完成了九篇閃耀生輝的佳作，於是，《鏡前鏡後》一書，如期在二〇二〇年十一月出版，成為林氏「三部曲」中的巔峰之作，而文化圈中林青霞作家的身份，也就從此奠定不移。

二〇二一年一月二十五日

# 二十　七分書話加三分閒聊

二〇一二年作者獲得中文大學榮譽院士，林青霞到賀。（中文大學提供）

旁人往往不解，常問我：「你跟林青霞經常見面或溝通，你們哪來這麼多話可聊呀？」不錯，這十八年來，我們的確經常聊天——見面聊，電話聊，在手機上聊，至於到底在聊些甚麼？說起來你也許不信，我們的交談，仔細想想，起碼有七分跟書籍寫作或文化圈有關，剩下那三分，才用來閒聊，譬如說說有關家庭子女，衣着打扮，日常見聞等話題。

由於生活習慣不同，她是夜貓，我是早鳥，因此最初我們得互相適應，找出一個最恰當的時候來交流。青霞開始創作的階段，時常半夜寫稿，清晨完成，然後急不及待傳過來，等我看完後通電話，就像個小女孩等考試放榜似的巴巴盼望着，一待我看完，說「文章很不錯啊」，她就會興奮得呼叫一聲「感謝讚美主」！嗓音悅耳清脆，開心得像要滲出蜜糖來，她高興我也高興。接着她就會安心去睡覺，我則開始一天如常的生活起居，我們之間的這個習慣，至今不渝。

除此之外，我們也常會在晚上十一點多聊天，一聊就聊到淩晨過後。最初，她在報上閱讀了邵綃紅寫她父親邵洵美的故事，就對這位相貌肖似徐志摩的才子大感興趣，於是，我們的話題就繞着邵洵美和早年留學巴黎的那一群才子學人轉呀轉，甚麼跟徐悲鴻、張道藩共組的「天狗會」呀，跟項美麗的異國情緣啊，跟常玉一起在灰色老屋裏對着高台裸女寫生等等，說得來勁了，好像自己也穿梭到那個遙遠浪漫的時代。結果，有一天她在拍賣行看到了一幅常玉的裸女小畫，立刻買下，心裏想着，這女子，是否當年邵洵美在巴黎那些靜靜的午後曾經素描過的同一人？

不久，我們又一起研讀起唐德剛的《晚清七十年》來。很少看歷史書看得這麼津津有味，除了正史，知道了不少逸聞趣事，她高興的發現，原來武昌起義時，國父孫中山先生正在美國科羅拉多州典華城的唐餐館端盤子呢！又一天，她看了卡夫卡的作品，很有感悟的告訴我，「卡夫卡一定有憂鬱症，不然，他不會寫出像《變形記》這樣的小說來，他的種種想法，我都可以體會」！接着，她又進攻哥倫比亞作家馬奎斯的《百年孤寂》，看這本書不容易進入情況，問她在看哪個譯本，結果她看了兩個不同的版本，她說：「以前看書，從來不會注意到譯者是誰，原來，不同的譯者，讀起來大有分別啊！」這以後，我們討論共賞的書籍，她一定會先看看譯者的姓名，並予以應有的尊重和肯定。

過了一陣，青霞除了村上春樹，又迷上了另一位日本作家太宰治，她最欣賞作者剖析內心，反省自身，不斷向深處挖掘的本領，他的小說，有一種赤裸裸暴露人性的特質，讀之讓人震撼。以前，青霞只喜歡看一些真人真事的文章，以為小說的內容子虛烏有，不足為訓，這時候，她涉獵了大量名家作品，開始醒悟到小說裏的情節，的確能夠反映真實世界，只是更尖銳，更濃縮，因而更加引人入勝。

其實，認識十年後，青霞的閱讀興趣已經與前大不相同了。記得她在二〇一三年時，開始接觸木心的《文學回憶錄》，發現了卡夫卡，當時曾經告訴她，木心的書是很好的導讀，可以快讀一遍，有興趣的地方，再去找專書深入研究。二〇一四年四月某一天，青霞說，那些膚淺的八卦雜誌，她再也看不下去了，只喜歡閱讀高端的文化刊物。這以後她不斷發掘新的書源，以前，都是別人買了書推薦給她欣賞的，這時，反而倒是她去買大批的書分贈友好了。

在交往的那些年，我們除了相談會晤，還出席了彼此的新書發表會。青霞原本不喜人多熱鬧的場合，但是，我的三本新書《榮譽的造象》（二〇〇五），《有緣。友緣》（二〇一〇），《樹有千千花》（二〇一六）發表時，她都出席參加，全力支持。她的新書發表會：《窗裏窗外》（二〇一一），《雲去雲來》（二〇一四），自然也更不容錯過。此外，我們還參加了彼此的榮譽院士頒授

二〇〇五年金聖華新書發表會，林青霞到賀。

二〇一六年金聖華新書發表會，林青霞到賀。

典禮，只要是有意義的學術文化活動，必然互相勉勵，攜手共度。

二〇一七年那一陣子，除了毛姆、海明威、杜拉斯，我們也常聊起俄國作家契訶夫，青霞很想找一些他的戲劇來看，恰好那時譯林前社長李景端應中文大學之邀，從南京來港參加第六屆「全球華文青年文學獎」頒獎典禮，青霞邀請他到她的半山書房吃飯會晤，李社長問我要帶甚麼禮物，於是告訴他，沒有甚麼比帶上契訶夫的作品更受歡迎的了。李景端可是記掛在心，結果把他珍藏的二十世紀五十年代李健吾翻譯的三種譯本都捎來了。除此之外，他還為青霞寫了一首「藏頭詩」，詩曰：「林鵬展翅始窗外／青峰翱翔耀影壇／霞光不熄心怡然／樂在書香墨韻中」，並命學習書法已有數載的十歲孫兒昊岳錄寫成幅，鄭重贈送，讓愛書愛詩愛毛筆字的女主人欣然接受。那天晚上，除了共聚敍舊，大部份的時間都在談論書法寫作和契訶夫，大家聊得開懷，賓主盡歡。第二天，青霞還發現，那幾本契訶夫的老譯本，有一本正巧是她出生的那年那月出版的呢！

二〇一八年，上海導演徐俊來訪，我請他們夫婦和青霞在上海總會餐敍。當晚，徐導演盛意拳拳，邀請我翻譯英國詩人芬頓所撰的劇本《趙氏孤兒》為中文，並欲根據譯本再創作為獨一無二的音樂劇，當時我因為事務繁忙，不想接受，青霞在一旁竭力支持打氣，她說：「別推了，最多請你來我的半山書房裏閉門苦譯，我供應你一切支援」，看到青霞如此熱心要促成此事，終於答應跟台大莎劇專家彭鏡禧教授合作翻譯此劇，當然不敢真的到她的半山書房去叨擾。完成後《趙氏孤兒》音樂劇於二〇二一年在國內盛大巡迴演出，轟動一時。

新冠疫情嚴峻期間，我們不能時常見面，但是通話更勤了。米蘭昆德拉是我們兩人共同喜歡的作者，青霞買了整套譯本，我們交換着看，除了《生命中不

二〇一八年作者與林青霞聊天合照

能承受之輕》（另一譯本稱為《不能承受的生命之輕》），我們也非常欣賞他的《賦別曲》。當然，青霞更有興趣的是張愛玲，把這位「祖師奶奶」的作品從頭至尾都仔細拜讀了，還看了數之不盡的相關參考資料，到了耳熟能詳，倒背如流的地步。最有趣的是她談詩論書的方式非常閒適灑脱，譬如，每次跟她通電話講昆德拉、杜拉斯或閻連科，已講了好幾十分鐘，説着説着，她會告訴我，剛剛吃完六個餃子，一個茶葉蛋，原來她在一邊吃一邊聊，怎麼一點也沒有聽到她的咀嚼聲吞嚥聲呢？難道是我的聽覺退化到這個地步？再不然，她又會說，剛才在做運動，一面倒吊，一面跟我說話，天哪！在頭下腳上的狀態中，怎麼還興高采烈講張愛玲講得這麼起勁呢？一點也沒有聽到急促的喘息聲啊！這乾淨利落動作靈便的能耐，敢情是拍戲幾十年訓練出來的？

至於那三分閒聊，我們當然也會說說日常生活中的見聞，兒女之間的瑣事，每次青霞要出席場面，買了新裝，都會在手機上傳過來，讓我先睹為快，然而說着說着，話題又時常轉到書本文章上去了，就像那次青霞跟家人出海遨遊，在別人嬉戲作樂的時候，她一個人走到船舷上，對着茫茫大海，拿了屠格涅夫的《初戀》看將起來，然後，一通電話傳來，問她海上風光可好？她卻說：「屠格涅夫寫的初戀，為甚麼這麼虐心，我完全可以理解」。

二〇二二年一月二十九日

# 二十一　拼命三娘

林青霞寫「窗外」兩字的長蛇陣（林青霞提供）

坊間有拼命三郎的說法，卻很少見人提及拼命三娘，這「拼」字，跟女性嬌媚柔弱的形象似乎沾不上邊，有誰會相信，要描述起絕世美人林青霞的真性情時，第一個出現在我腦海裏的詞彙，居然就是這個「拼」字！

就在最近這幾天，青霞告訴我，她終於拼完了那本約五十萬字的大書《純真博物館》了。《純真博物館》是土耳其諾貝爾文學獎得主帕慕克於二〇〇八年出版的力作。根據作者自道：「這是我最柔情的小說，是對眾生顯示出最大耐心與敬意的一部」作品，這本書評價很高，是公認的傑構，然而字小書厚，情節發展緩慢，不是一般讀者消受得了的，偏偏好學不倦的愛書人林青霞就是不肯認輸，非要在短短一週內把全書啃完才罷休。說起來，她的拼勁可不是一朝一夕的事，早在年輕時一天軋幾部戲，連站着也可以累得睡着的日子，已經練就了一身特異功能，只要是自己喜歡的事，看重的事，無論多難多磨人，也必然會拼着命全力以赴。

青霞凡事認真執着，一絲不苟，也不怕吃苦。當年寫那篇〈牽手〉時，只為了要寫好發表文章時那標題上「父親」兩個字，她就花了二十個鐘頭，寫了不知多少遍才作罷；二〇二〇年，為了支持抗疫，她不但出錢出力，還付出真心，她

林青霞寫「致前綫抗疫英雄」（林青霞提供）

用親筆寫下一封「致前線抗疫英雄」的信，練了起碼上百次，花了整整三個晚上，耗完了四支簽名筆。這一回，汪涵友人向她求墨寶，一共只求「窗外，林青霞」五個字，她卻前後花了三個晚上，寫了一遍又一遍，那幅墨跡斑斑的長條，鋪在地上，從走廊一端伸展到另一端。

練書法還算事小，她要是寫起文章來，那可真是廢寢忘食得徹頭徹尾，為了寫好那篇〈走近張愛玲〉，她先狂吞了所有張愛玲的作品及參考資料，消化吸收了之後，再拚了十六七個鐘頭，才終於脱稿。脱稿後，當然還不滿意，要請教各路英雄，廣納眾人意見，再修修補補改了十幾遍才最後定稿。文章要投放在「張愛玲百年誕辰紀念專輯」中，她笑言那是參加另類「作文比賽」，事非等閒，哪敢造次。

其實，青霞寫任何文章，都是拚勁十足的。她創作時，經常從午夜寫到天亮，只要靈感一到，就忘乎所以，不知自己身在何處。剛開始寫作不久，那次寫〈寵愛張國榮〉，正在浸浴的她，忽然想起張國榮最後的笑容，靈感來了，就匆匆圍上大毛巾，走到浴室裏的梳妝枱一角，站着寫將起來，一口氣把文章寫完，才發覺天已大亮了。我曾經笑她，「人說海明威在第一次世界大戰時，身負重傷，為了減輕腿部痛苦，所以只好站着寫作，你倒是跟海明威差不多。」她回答，「豈止站着寫作，很多時候我是站着看書的」，最近的一回，是站着看完白先勇寄來《台北人出版五十週年精裝典藏版》中的〈遊園驚夢〉和〈孤戀花〉。問青霞幹嘛要站着看？她說「十幾年前，白先勇提到可以由我主演《遊園驚夢》時，我說了一句不喜歡，讓空氣凝住了幾秒鐘，那是因為我當時還不懂得欣賞，現在懂了，為了表示敬意和抱歉，所以要罰自己立正看完這篇。」

除了看書寫作，青霞在生活的方方面面當然也是凡事都拼，一以貫之的，例如減肥。她是在二〇二〇年十二月二十五日耶誕節那天開始實踐的，問她為何要挑選這麼一個日子，過年過節到處都是喜慶宴會，何不好好享受美食，過了年再說？她卻說，一旦打定主意，沒有任何事可以動搖她的決心。於是，她就在短短幾個月內，節食加運動，如願減了二十幾磅。如今的她，動作便捷，精神奕奕，這驚人的毅力，使我不由得讚嘆一句：「你可真會挑！凡是讓身體長胖的，都不吃；凡是讓腦袋長進的，都狂吃！」

有一回，看到電視上放映一個節目《一百種生活》，說到日本文化和香港文化的差異，前者是認真，後者是快，忽然覺得我所認識的林青霞，倒是一個兩者兼備，又快又認真的妙人。先說凡事認真，例如她跟朋友去看一場有關村上春樹的電影，裏頭提到了契訶夫的劇本《凡尼爾舅舅》，看完了電影她要跟朋友聊上四個鐘頭，回家以後，還得連夜把劇本找出來捧讀一番才了事。她也極度欣賞認真做事的人，曾經說過，一個人在專注做一件事的時候，最最讓人心動。她告訴我，有一次，她在片場見到攝影師杜可風在鏡頭裏看電影的回帶，他的認真專注，就顯得十分有魅力。記得林文月收到青霞贈書時，也曾經對她說過同樣的話：「一個人，在書房裏很認真的用文字寫下一些東西，就很動人」。看來，兩大才女對生活的感悟，的確所見略同。

再說動作利索，凡事都快。記得每次跟青霞去半島飲下午茶，她喜歡點春卷，春卷來了，我還在跟刀叉糾纏不清，把春卷弄得皮破餡流，亂七八糟的時候，她已經不動聲色的吃完了，正在對面一派優雅的坐着，笑咪咪的替我遞茶遞水，顯得儀態萬千。每晚通話的時候，她可比周伯通厲害得多，不但可以一心二用，還可以三用四用，嘴上跟我說着話，手上跟影迷團愛林泉在通信息，另外一隻手傳來一則電郵，接着問我傳來的照片可好看。這許多動作同時進行，卻做來揮灑自如，乾脆利落。

拼命三娘的另一特點，自然是天不怕地不怕，可以「膽大包天」一語概括之。二〇二一年九月二十四日晚，我在上海總會宴客，介紹中文大學前校長金耀基教授給青霞認識，青霞在當天晚上就表演剛學不久的京劇《三家店》給大家欣賞，金校長一向睿智幽默，當下對青霞賜予一句「膽大包天」的評語，令滿堂哈哈大笑，青霞十分高興，特請金校長惠賜墨寶「膽大包天」四字，並裝裱掛牆，自此日日欣賞，並以此為題，寫了一篇〈膽大包天〉的妙文，發表在二〇二二年一月份的《明報月刊》上，青霞這樣說：「曾經寫過一篇文章〈演回自己〉，主要是說我演過一百部戲，最難演的角色是自己，最近突然發覺不難演了，因為接受了自己不是完美的人，不一定要做完美的事，只要能令到他人開心，自己偶爾出個小洋相也無所謂。」這就是目前豁達開朗的林青霞！不但如此，她也不怕難不怕痛！那一趟，跟她一起去看眼科醫生林順潮，林醫生替她檢查，說手術後的右眼珠還有一些水腫，如要根治，就必須得在眼球上打一針，這可怪嚇人的，誰知道當事人一聽，神態自若毫無懼色，眉不皺，頭一抬，只是問道：「今天做？有沒有時間去喝茶？」醫生說晚上九點才有空做，可以去喝茶，青霞立馬豪氣的說，「好！那就今天做！」說罷起身，拉着我出門而去，讓旁邊環伺的一眾助理護士嚇呆也笑歪了。結果，她帶我去 Mandarin Hotel 喝了下午茶，再去 Gucci 看衣服，買了鑲邊的草帽，鑲鑽的太陽鏡，又去 Harvey Nichols 買化妝品，足足逛到商舖九點半打烊，才施施然回到診所去。走進門口，護士小姐一見青霞說：「喲！換裝了！」青霞高高興興指着頭上的新帽子：「剛買的！」手術完畢後，我跟她一起去搭電梯，她在前面走，一搖一晃恰似隨風擺柳，問她：「怎麼走得這麼婀娜多姿，是在痛嗎？」「痛，也是一種體驗啊！」她右眼貼着紗布，回頭嫣然一笑。

不錯，如今再也沒有甚麼可以難倒她了，流言惑不了她，謠傳傷不到她，慵懶敵不過她，困頓擋不住她！我所認識的林青霞，的確是個膽大包天，百毒不侵的拼命三娘！

二〇二二年二月四日

# 二十二　綠肥紅不瘦

作者與林青霞合影（林青霞提供，SWKit 鄧永傑攝影）

那天，青霞看完我寫的《談心》系列，她說：「你寫人物很好」，我回答，「我寫的人物很好」。中文真奇妙，加了一個小「的」字，說的不是一回事。《談心》系列是寫林青霞的，人物當然很好。然而，其實我並不算真正在寫她，我寫的，是一個相知相交十八年好友呈現在我眼裏的形象，只不過是她千姿百態的一面而已。這世上，哪怕一個普通人，走在長路迢迢的人生道上，遇見形形色色的同行者或對頭人，都會顯現出千變萬化的不同面貌，更何況一個兼具多重身份的傳奇人物林青霞？她是影壇巨星，絕色美女，豪門闊太，如此多姿多采，又怎麼能夠寫得周全？因此，《談心》系列所描繪的，是一個努力向上的人，如何孜孜不倦，奮發圖強的故事；所陳述的，是一個作家的誕生，記錄她在筆耕的園地中，如何從播種，除草，施肥灌溉，到抽枝茁壯，蔚然有成的經歷。

一向對有財有勢，有名有利的人，不感興趣；然而對美的人、事、物卻深感興趣，衷心欣賞。這可是得自老爸的真傳。社會上所謂的達官貴人，巨富豪商，知道的不多，誰在乎？然而對各行各業中有真學問真性情的高士賢才，卻滿懷仰慕；甚至普羅大眾，尋常小民，只要他或她在自己的崗位上敬業樂業，曾經專注認真的盡力過，付出過，也是值得尊重的。

《香港文藝》一九九五年創刊號

記得多年前，曾經應約為即將出版的《世界四百位作家》一書（此書後來因故未曾出版）寫過一篇前言〈談寫作〉（結果，此文發表在一九九五年《香港文藝》創刊號上），文章一開始就說：「常感到在世界上百行百業之中，有兩種職業說難最難，說容易也最容易。這兩種職業就是演戲與寫作」。不錯，這兩種職業，是不需要科班出身的，先說演戲，年輕小子或黃毛丫頭，只要長就一副俏臉，在街上走着走着，就可能讓星探發現，從此入行，飛上枝頭做鳳凰；至於寫作，也不需要正規訓練，任何人幹本行膩了，只要拿起一支筆，肯乖乖坐下來，以前在紙上，現在在電腦上塗塗改改，寫完了找到人出版，那就可以自稱為作家了。然而入了行，演了戲，寫了文章，久而久之，才發現，在這兩個行業中，要真正出人頭地，闖個甚麼名堂出來，或者曾經火紅一時，而維持盛譽不衰，那可比登天還難，除非此人天賦異稟獨具匠心，或勤奮不休全力以赴，否則不可能脫穎而出。

一九九二年寫這篇文章的時候，還沒有認識林青霞。誰想到，命運兜兜轉轉，十一年後我們邂逅了，交往了，如今回望，這文章裏的一言一語，竟然完全應驗在她的身上，彷彿當年的內容，是一篇預言，專程為她而寫。

林青霞的盛世美顏，毋容置疑，只是她年輕時並不自知，甚至我們認識後，她也從來不認為自己是絕色美人。她對自己的種種優點懵然不覺，對自己的種種不足，卻念茲在茲，不斷自我警惕，自我鞭策。說起來，她自從一九九四年結婚息影至今，已經歷二十八載漫長歲月了，有誰？像她一般，在影壇的地位歷久不衰；有誰？像她一樣，影迷跨越三代甚至四代年齡層，從八九十到十三四歲

# 世界四百位作家談寫作

（序文）

金聖華

左起：倪匡、金聖華博士、譚仲夏、于粦

常感到在世界上百行百業之中，有兩種職業說難最難，說容易也最容易。這兩種職業就是演戲與寫作。

君不見許多涉世未深，初出茅廬的年輕小子或黃毛丫頭，一旦選上了甚麼先生、甚麼小姐，不但一登龍門，身價百倍，而且竟然一個個晉身娛樂圈，當起演員來。也不見哪個接受過甚麼演技訓練，學習過甚麼戲劇理論，反正祇要生就一張俊臉，臉上會做做喜怒哀樂的表情，也就足以混口飯吃了。

當作家也一樣。很少作家在進軍文壇之前，是接受過正規寫作訓練的。很多名家年輕時幹過各式各樣的雜差，有的當海員，有的當會計，大致來說，一般是幹風馬牛不相及的行業出身的。反正任何人，幹本行幹膩了，祇要拿起一支筆，一張紙，肯乖乖坐下來爬格子，爬滿了格子，找到人肯出版，就馬上可以自稱為作家了。

所以說，當演員與當作家最容易。祇要機緣到了，不必經過長時間的專業訓練，要入行，隨時隨地可以入。

可是入了行，演戲演久了，寫作寫多了，這就發現，在這兩個行業中，若想真正能出人頭地，闖出個名堂來，那就比甚麼都難，除非天賦異稟或獨具匠心，否則不可能脫穎而出。

所有經過專業訓練的行業，例如工程師、會計師、律師、醫生，都要經過嚴格的訓練與長期的學習才能入行；可是一旦入了行，祇要按部就班，生活就有一定的保障。隨之而來的是成家立業，攀着社會的梯階，穩步向前，直上青雲。你若問一位成名的醫生或律師，他當初為甚麼要選擇這一行業，答案若不是堂而皇之的為了要「懸壺濟世」或「執法伏義」；就是切切實實的為了要「名成利就」或「光宗耀祖」。換言之，當初入行的目的是明白確切的，日後所得的成就，也是顯而易見的。

可是當作家的就完全不同。你若問他們為甚麼會選擇自己的行業，往往會得到形形色色，甚至出人意料的答案。有些人是糊裏糊塗入的行，當初好

這是一篇為《世界四百位作家談寫作》而作的序。數年前，本港一家出版社曾準備出版這本文集，合約簽定，稿酬亦付，據悉且已完成編輯、植字，祇待送廠付印。遺憾的是出版社突然改變初衷，撤銷出書計劃。這本書就此被打入冷宮，翻身無期，已無法「把神諭傳給凡人」。我們在惋惜之餘，特徵得金聖華教授慨允，將其為「神諭」所作序文刊載於此，雖已於事無補，卻也聊勝於無。不負眾「巫師」之所望，並不因「神諭」之傳世無期，而抱憾終天。

（編者）

作者撰寫於一九九二年的文章，發表在一九九五年的《香港文藝》創刊號上。

無所不包，這可說是一個史無前例的奇蹟！網路上，微博上，直至今天，她的一舉一動，一言一行都受到廣泛的注視。這位曾經在電影界叱咤風雲，只要在紅毯上一轉身，一回眸，就顛倒眾生的巨星，迄今魅力依舊，美艷如昔，只是多了一份從容，多了一份自信，清楚知道自己內心深處的所欲所求——她，毅然選擇了轉換跑道，從紅毯踏上

了綠茵！

寫作之途，開步容易行走難，正所謂「路漫漫其修遠兮，吾將上下而求索」。青霞曾經說過，無論做甚麼事，每一次，她都當自己是小學生，一切從頭開始學，因此，她不怕難不怕苦，滿懷謙虛，一步一步摸索向前而永不言倦。剛開始時，有人懷疑她，好好的豪門生活不去享受，偏偏要去從事不在行的寫作，這又何苦來哉？也有人質疑她，寫作根本賺不了多少錢，所謂的支出與收入不符，做來又有甚麼意義呢？

的確，古今中外很多作家，除了喜愛文學，熱衷創作，有時也是出於種種迫切的動機，例如為了養家育兒，為了賺錢還債，才努力寫作的。青霞沒有這些後顧之憂，她不必像吳爾芙一般，宣稱一個女人寫作時得有「自己的房間」；她也不必像珍・奧斯丁一樣，永遠擠在家人共用的客廳裏寫作；她更不必推着嬰兒車，躲在咖啡店的一角，像羅琳一般辛辛苦苦創作《哈利波特》，她有的是設備齊全的半山豪宅做書房，有的是閒暇空檔來消磨，然而，這一切，不過是外在的條件，物質的配置而已。寫作，本是一條孤獨漫長的路，一個人惟有忍得住寂寞，壓得住浮躁，才可以把自己從萬丈紅塵，人聲喧嘩中強拖出來，按捺在煢煢孤燈下，寞寞書桌前。青霞的生活原可能沉溺在吃喝玩樂，燈紅酒綠中，然而她卻受驅於內心深處一股滂湃難抑的動力，不為名不為利，一腳踏上寫作的征途而義無反顧，自強不息，唯其如此，才顯得更加難能可貴。

寫作有甚麼樂趣？楊絳翻譯的西班牙佚名小說《小癩子》一書的前言，說得最簡樸卻也最誠實：「著作很不容易；下了一番功夫，總希望心力沒有白費——倒不是要弄幾個錢，卻是指望有人閱讀，而且書中若有妙處，還能得到讚賞……衝鋒陷陣的戰士難道是活得不耐煩了嗎？當然不是；他要博得人家讚賞，就不惜拼死當先。從事文藝的也是如此。」對於涉足文壇的青霞來說，各地讀者的讚賞，就是她「衝鋒陷陣」所得的最大回報，自從她寫作以來，一波又一波的回應洶湧而至，從最初的懷疑，到不久的接受，至最後的讚賞，如今，喜歡她文字的讀者，再也不局限於她的影迷了，連有識之士，文壇名家也不吝給予肯定，跟她成為了談詩論書的文友，甚至有大學教授把自己的博士論文都傳來給她欣賞了。

在這條漫長的寫作之途上，青霞一路行來，走得很努力，很帶勁，偶然遇上氣候不佳，走到雲裏霧裏，又不免有點迷茫失落，時而覺得自己的筆下，沒有大時代的風起雲湧，沒有浮世繪的愛恨情仇，是否有不足之處？這時候，最想跟她共享的真知灼見就是林文月所寫的〈散文的經營〉：「寫散文和其他文類一樣，首先要有好的內容……甚麼是好的內容呢？在我看來，無非在於『真摯』二字。矯揉造作，無病呻吟，皆不足取法。只要是作者真摯的感情思想，題材大小倒不必分高下，宇宙全人類的關懷固然很值得入文，日常生活的細微感觸也同樣可以記敍。」因此，就由於「真摯」，青霞的文字才這麼觸動人心；就由於她認真來對待文字，尊重文字，日日與之為伍，才讓內心如此富足，生活如此多姿！

這十八年來，就如青霞在送給我第一本書的扉頁上題簽「獻給窗裏的朋友」所言，的確，一般人看林青霞，是從窗外遙遙的仰望，欣賞，甚至崇拜；我看青霞，則一開始就是從窗裏陪着她一起向外望的，無論是窗前風蕭蕭，還是簾外雨潺潺，我們都一起經歷了〞一起走過了。

青霞曾經說，高處不勝寒，一點不好玩，她要從神壇上走下來，與眾人同樂！以下的一幅圖像，就是她的寫照：「她從神壇飄落，來到人間，身穿一襲白衣素裙，走過滾滾紅塵，踏足沾滿晨露的綠茵，率性忘情，翩翩起舞，頭上芝草瓊花編織的冠冕，迎着曉陽，閃閃發亮！」

影壇的成就，歷久彌新；文壇的發展，如日方中，這就是今時今日的林青霞，茲借用李清照〈如夢令〉一詞中的名句，略改一字，作為總結——「知否，知否，應是綠肥紅不瘦」！

二〇二三年二月八日

二十三　後記

作者與林青霞合影
（林青霞提供，SWKit 鄧永傑攝影）

# 《談心——與林青霞一起走過的十八年》

《談心》一書，由二〇二一年三月開始構思，十月初正式動筆，至二〇二二年二月中全書完稿。這幾個月，適逢疫情嚴峻期間，日日夜夜宅在家中，時間似乎過得特別匆匆，而寫作的過程，輕鬆倒不見得，心情卻是愉快的，從來沒有寫過一本書，可以讓我如此全神貫注專心致志，足以在紛亂時局中寄情忘憂，不問世事。

全書一共二十二篇，剛開始時，資料太多了，有待理出一個頭緒，當時腦海中只有一些零星模糊的概念，曾經列出一些標題綱目，然而，這些標題卻是邊寫邊修改的，有些題材，原先以為要重點着墨，結果卻輕輕帶過；有些以為不必費神詳述的，結果卻聚焦暢談。原來，寫作是一場無法預知的探險，一踏上征途，前程是風是雨，是晴是陰，完全不可預測，而帶領自己的，是一股難以自抑的動力，在疲累時，督促自己不斷前行；困頓時，勉勵自己不要停步，於是每日坐在書桌前，只要沉下心來，進入情況，所思所感自會由筆端汩汩流出。

寫這本書最令人愉悅的地方，就是能夠得到書中主人翁全盤的信任和全心的託付。從一開始，青霞就對《談心》的撰寫，予以極大的鼓勵與支持，從某一種意義上來看，這本書可說是我們兩人合作的結晶——書名，我們一起設想和決定；

內容，每寫完一篇，我必定先讓當事人過目，而青霞的反饋意見，也產生了使文章不斷改進的功效。也許是我們各自專業的訓練不同，彼此之間發揮了積極的互補作用。譬如說，由於電影事業多年的歷練，青霞最記得清楚的是每篇文章所提及往事中場景的設置，人物的表情，動作的細節等；而我由於畢生從事文字工作的緣故，對交流時談話的言辭，作品的內容或名家的佳句等，比較難忘。因此，每完成一篇，我們必定會仔細研究，反覆討論，直至所言所述完全符合史實方才罷休。青霞就曾經對我詳述〈功夫在詩外〉一文中，花神春香等眾演員如何投入聽她講故事的神態；〈「遷想妙得」與饒公〉一文中，她如何攙扶老人家的動作；〈高桌晚宴與榮譽院士〉一文中，她如何走到聽眾席上鼓勵學生的情景，由於說得生動傳神，使我下筆時讓人讀來更富有身歷其境的感覺。因此，《談心》最大的特點，就是全書之中，一言一語都有根有據，絕無半點浮誇虛假的成份。

為了資料的正確無誤，每一篇文章中提到的年份，人物，事情的來龍去脈等，我都得去仔細核實。向來沒有寫日記的習慣，因此，歷歷往事，就只能憑記憶去追尋了。所幸還有一些純然記事的小本子，開始寫作《談心》時，先翻箱倒篋的把這些塵封的本子找出來，一年一年的去查閱，找到了記錄的蛛絲馬跡，再跟有關各方去確認資料，例如，寫〈聽傅聰演奏〉時，必須首先跟他的經理人劉燕和忘年

作者與金耀基合影

交陳廣琛去查核詳情，方才動筆；寫〈聽余光中一席話〉時，先得跟潘耀明再三通話，確定了當天的確是《字遊網》啓用酒會的日子，才敢如實記述。至於有關的照片，更得幕幕思索，步步追尋，如今，再也沒有甚麼張貼整齊的照相本可作為依據了，一切都存檔在手機裏，如果不是訓練有素或運用自如的熟手，要找出一張心目中依稀記得的舊照，的確比登天還難，例如那張我和青霞跟饒宗頤的珍貴合照，可真是上窮碧落下黃泉，花了好幾個月的功夫遍尋不獲，直至全書完成後的某一天，胡亂劃着手機，才突然顯現眼前，真叫人喜出望外！其他的一些照片，尤其是我和青霞歷年來在各種場合拍攝的合照，很多都是由她親自挑選提供的，另有一些特別珍貴的「歷史文獻」，如高克毅的卡片，楊絳的題簽，饒宗頤的墨寶等，也是她親自在搬遷後的新居中尋尋覓覓，才得以展現讀者眼前。說起來，寫這本書，在很多方面都極為順利，因此，我倆特別感恩，常自覺成書前後，一切「如有天助」！

書稿完成後，為了使全書的內容更加充實，我決定選取六篇文章，放在附錄，作為《談心》的背景資料。這六篇文章涉及我與林青霞相識的緣份，《孔夫子》電影拍攝的緣起和經過，對鋼琴詩人傅聰的懷念和追思，對楊絳的崇敬和仰慕，及白先勇細說《紅樓夢》和推廣《牡丹亭》的貢獻，以供有興趣的讀者作為全書的延伸閱讀。

幾個月來，因為創作這本新書，讓青霞和我經常感到興致勃勃，樂在其中。《談心》系列一邊寫，一邊率先在新加坡聯合早報連載，每個星期一次，因此，每逢週末，就是我們轉發文章的開心時刻。我把文章分發給各地友好及學生；青霞則把文章轉發給她的廣大朋友圈和影迷團「愛林泉」，並要求這些可愛的年輕人即時撰寫「讀後感」。她收集整理了數十篇文采斐然的「讀後感」之後，馬上會連夜轉發給我，讓我也先睹為快。這些年輕的讀者群中，不乏有才的能人，他們的回應，常常一針見血，說到點子上去！而青霞也曾花費幾個鐘頭逐個回應，寫出《談心》文章讀後感的「讀後感」，讓她的影迷讀者暖在心頭。(為此，特地選輯了多篇精彩內容的片段，另闢「林青霞與愛林泉」一欄，附在書後，以饗讀者。) 青霞說：「愛，是用不完的，原來可以越給越多！」她曾經矢志成為一個「生活藝術家」，如今的她，單憑此語，已然如願了。

記得在青霞六十七歲的壽宴上，閨密施南生曾經對她嚴下禁令：「不准碰甜食！」青霞趁南生不備，偷吃了一塊，南生發現後正色訓示說：「可知道，你得永葆美麗，這是你對世界的使命」！好友張叔平在旁欣然認同。的確，永遠的林青霞不可不美，她的美，已經成為眾人眼裏的icon，幾乎是一種應盡的社會責任了！然而，如今的青霞，除了姿容出眾豐神綽約之外，早已昇華到「腹有詩書氣自華」的境界了。在寫作閱讀方面，她確信：「學到用時方恨少，終身學習又何妨」；在為人處世方面，她既是「膽大包天」，又是「心細如塵」的「拚命三娘」；在安身立命方面，她深深體會到東坡居士的灑脫豁達：「此心安處是吾鄉」，不管身在何處，她都能悠然自得，從心所欲。

在我的心目中，這一隻身披蝶衣的蜜蜂，勤勉努力，永不言休，在未來的歲月中，她必定會繼續釀蜜，繼續繽紛，繼續以精彩的作品在文壇發光發亮！

本書即將完稿的時候，中文大學前校長，也即是我的本家金耀基教授寄來珍貴的墨寶，題曰：「曾經就是擁有；當下就是永久」！不錯，這本為了好友林青霞而寫的書《談心》，就是記述我們相交十八年中，曾經擁有的一切：最好的歲月，最美的時刻，最難忘的記憶！因為我們一起經歷過、體驗過，才倍感珍惜，才值得書之成文；而我們共處的每時每刻，每個當下，只要內心感恩，細細品嘗，就會變得豐盛多姿，永久留存！

二〇二二年三月一日

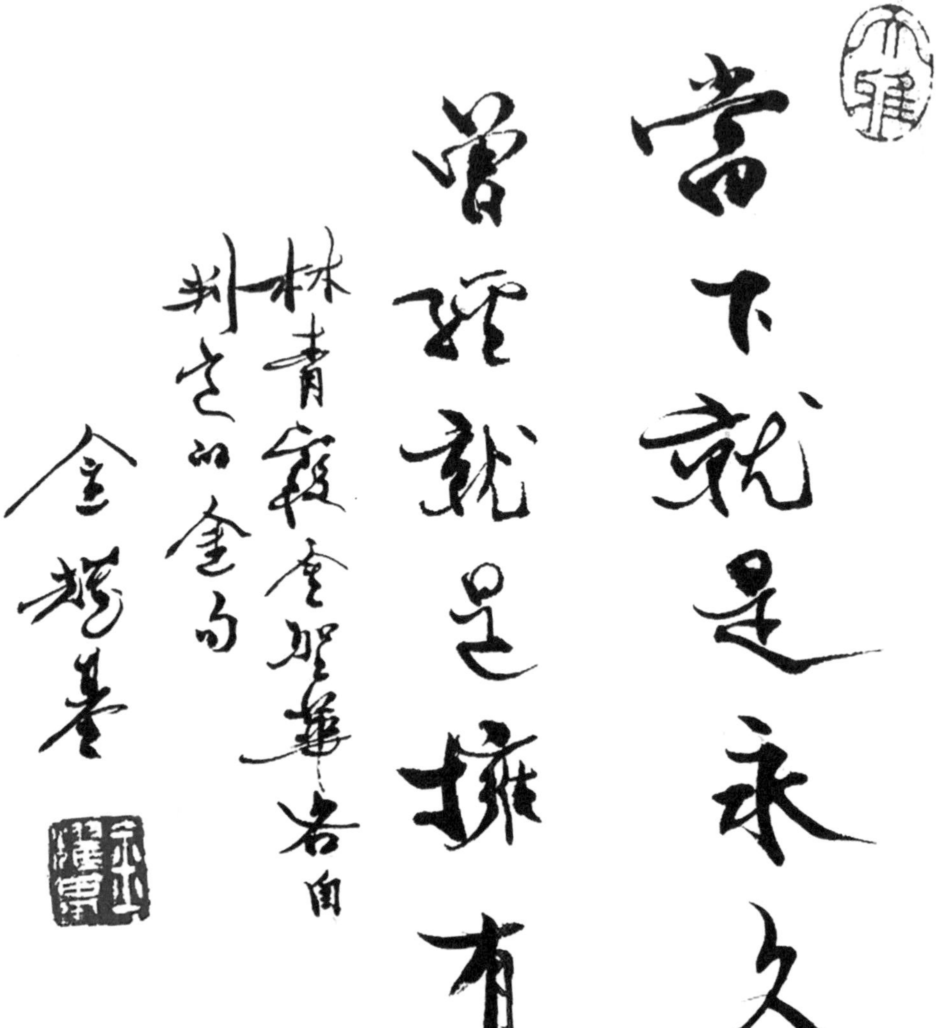


金耀基題簽

# 附錄

# 一切都是《小酒館》的緣故——記一部翻譯小說牽起的緣份

一九七五年香港出版《小酒館的悲歌》封面

浙江大學紫金港劇場的舞台上，正在展開作家蘇童與翻譯家許鈞的對談。這場以「文學創作與譯介」為題的公開講座吸引力很強，偌大的講堂，人頭湧湧，座無虛席。坐在觀眾席上的我，剛為講座前一場學生表演的 Hip Hop 給弄得有點好奇，原來如今國內的大學生這麼前衛？聽演講前得先看場活力充沛的舞蹈表演來熱熱身？也對，誰規定聽演講一定得正經八百，正襟危坐的？只要講座內容新鮮有趣就行了，形式？當然可以多姿多采，靈活多變啦！

滿腦子還在出神的時候，台上的兩位嘉賓已經發言了。大概在講開場白吧！沒怎麼留意，忽聽得蘇童說，「那時候，我還在唸高中，有一回，到書店裏去逛逛，看到一本《當代美國短篇小說集》，翻了一下，如獲至寶，就花了八毛錢給買下了」。八毛錢？這對當年一個十六七歲的中學生來說，一定是了不起的大錢吧！反正，他就這麼買了一本美國翻譯小說看將起來，而這一看，就看出了名堂，對日後的創作產生了不可思議的效果。

「這本書裏，有篇特別的小說，故事怎麼可能這麼詭異奇譎呢？」蘇童接着說下去，「一個不男不女，身高六尺的女主人翁，嫁了個俊俏的浪子；浪子愛她，她偏偏不喜歡，反而愛上了一個羅鍋表弟；這個羅鍋居然迷上了浪子；浪子

二〇一八年在浙江大學與許鈞合影

二〇一八年在浙江大學與蘇童合影

對羅鍋卻不屑一顧……」情節怎麼這麼熟悉，他不會是在說那本書吧？這下，不由得我不豎起耳朵全神貫注了，「這本闡述生命疏離，人性扭曲孤獨，愛情永不對等的小說，太奇特了，從來沒有看過這樣的書，對我的震撼實在太大了，我以後的寫作或多或少都受到它的影響」，蘇童在台上娓娓道來，說得很有興味。原來，他在回答主持人有關甚麼作品啟發了他日後創作路向的提問，「這中篇小說叫做《傷心咖啡館之歌》」，作家如是說。

《傷心咖啡館之歌》？當下，輪到我感到難言的震撼了。

對了，就是美國女作家卡森・麥克勒絲原著的 *The Ballad of the Sad Café*，也就是我數十年來翻譯生涯中的第一本譯作，一九七五年由今日世界出版社出版的中篇小說——《小酒館的悲歌》。

同一篇小說，為甚麼大陸翻譯的版本叫做「咖啡館」，香港翻譯的叫做「小酒館」？追溯起來，已經是一九七〇年代初的往事了。大概是一九七三年吧！那時我正在香港中文大學剛成立不久的翻譯系任教，有一天，收到美國新聞處李如桐先生來函，邀約我為該處翻譯一本美國中篇小說。那時初出茅廬，滿心以為即將翻譯的是個俊男美女的浪漫故事，誰知接到任務之後，發現原文是一位美國女作家麥克勒絲的作品，內容講述美國南部一個荒涼小鎮上一家小酒館興衰的事蹟，穿插一段匪夷所思的三角畸戀。書中三位主角女漢子（港稱男人婆），浪子，駝子，都是極不正常的，他們之間的情緣荒誕不經，跟我想像中悱惻纏綿蕩氣回腸的愛情毫不相干，當下深感失望，幾乎提不起興趣來動筆。一九七四年初，趁教書生涯中第一次公休長假，也為了可以專心翻譯，遠赴加拿大英屬哥倫比亞大學去進修。當時是到大學的創作系去旁聽名詩人兼翻譯家布邁恪教授的「翻譯工作坊」，課餘則修身養性，心無旁騖，上午到圖書館看書，下午或晚間在小樓上翻譯。就這樣在溫哥華，從冬雨，寒雪，孤寂，寥落；到春暖，花開，抖擻，奮發，我不但與布邁恪結為知交（此後，更成為了譯介他多部作品包括《彩夢世界》的譯者）；看遍了圖書館裏余光中所有的詩集散文（同年八月，詩人竟然來到中大執教，並成為翻譯組時常見面的同事），從而在翻譯過程中尋章摘句時得到了啓發與靈感；更在冬去春來之際，對《小酒館的悲歌》由最初的抗拒，到隨後的接受，至最終的喜愛與欣賞，四月春濃時欣然完成翻譯的初稿，踏上了回港的歸途。

*The Ballad of the Sad Café*，小說翻完了，書名該怎麼譯？卻令人煞費周章。照字面翻譯很容易，Ballad 是民歌、民謠；Café 呢？是咖啡館，也是小餐館，但是咖啡館通常不提供酒類飲料。麥克勒絲這本原文裏描述的，其實不是現代意義的咖啡館，不是城市人所理解販賣咖啡的場所，而是一家不折不扣的小酒館，書中不乏飲酒作樂或喝酒解悶的情景，而從未提及一次喝咖啡的場面，因此，Café 並不適合直譯為「咖啡館」；至於 Ballad，在此也不是歌謠民謠，指的是一闋三角畸戀的悲歌，因此，我當時最初想到的譯名是《酒棧悲歌》，並以此請教有「活百科詞典」之稱的翻譯泰斗高克毅（筆名喬志高），高先生認為「酒棧」一詞少見，替我把書名修改為《小酒館的悲歌》，不但如此，他更花費時間通讀全稿，

提出不少寶貴意見。於是，這部膾炙人口的麥克勒絲名著，就以《小酒館的悲歌》為名，在作家去世後八年，於一九七五年在香港正式出版，成為該書兩岸三地最早的譯本。

麥克勒絲一生坎坷，婚姻不幸，二十九歲癱瘓，五十歲去世。她於一九六七年離開人間，根據我最近查尋資料得知，也就是在那一年，國內翻譯家李文俊第一次接觸到她的作品，他有一次到文學研究所去借書，無意中看到了這本小說，打開一看，借書卡上只登記了一個曾經借閱者的名字——錢鍾書！李文俊讀後，對這本書留下了印象，到了文革後七十年代，再次借閱，並將該書翻譯出來，一九七八年發表於《外國文藝》創刊號，一九七九年收編在上海譯文出版社出版的《當代美國短篇小說集》裏，成為全集中篇幅最長的一篇作品，也因此吸引了未來小說名家蘇童的注目，啓發了無數傑出小說的創作。

《傷心咖啡館之歌》當年在大陸的銷路如何，不得而知；《小酒館的悲歌》卻是由香港美新處支付翻譯費用的。一日整理舊物，發現了當年的稿約——整本小說完成後約五萬字，而一千字的稿費為港幣三十五元，折合大約收了一千七百五十元，稿費雖然微薄，卻也夠我拿着整筆款項去興沖沖購買一枚鑽石胸針送給媽媽了。就如年輕學生第一次獲得獎學金似的，當時只覺滿心喜悅，至於譯本的銷路，就不放在心上了。其實，這樣一本毫不起眼的小書，自發行開始，就如風中四散的飛絮，到處飄零，不知會飄向何家院落。也許，某一年某一天，某個不知名的陌生人會在樓上書店塵封一角將之拾起，低垂眼簾，翻閱起來？也許，連這樣的機緣都不會有，譯者的心血，就從此黯然掩埋在書林書海裏，不見天日？多年後，由於手中再沒有樣書，體貼的另一半曾經為我跑遍港九，在一家家樓上書店，把僅餘的《小酒館》一一收羅，如今手頭尚存的幾冊孤本，就是這樣得來不易的。當時心想，這本小書，大概從此無聲無息，只能淪為履歷表上填寫的一個項目，再也無人垂注了。

一九九二年初，當時我出任中大翻譯系教授及香港翻譯學會會長，在繁忙的工作之餘，也希望另闢蹊徑，從事一向心儀的文學創作。恰好應《華僑日報》社長潘朝彥之邀，在該報的副刊撰寫專欄。當時乃以《橋畔閒眺》為名開闢專欄，從此日日伏案，不敢稍怠。

那一回，大約是一九九二年十二月中，我從外地開會回港，在書桌上瞥見另一半為我放置的剪報，除了幾篇我的專欄作品，居然看到一篇名為〈我要敬禮〉

的文章，出自同刊文友樂樂的專欄《樂在其中》。樂樂的文字生動活潑，詼諧幽默，一向讀來令人開懷。這篇文章到底寫些甚麼，值得特別剪存？誰知一讀之下，令我驚奇不已。作者在小框裏講述一本曾經令她深受感動的翻譯小說，說是譯筆流暢，內容精彩，她是無意中在香港某家樓上書店一角發現這本小書的，讀後念念不忘，又說注意到譯者的姓名，想像中是個才子，而才子通常懷才不遇，經歷坎坷，不知道這些年來流落何方？接着又提到這位才子居然跟她隔鄰《橋畔閒眺》的作者同名同姓，難道芸芸眾生中竟然遇上同一個人？看了這篇文章，不由得令我莞爾，趕緊設法問老編要來樂樂的通訊地址，告訴她我既非才子，也不落魄，但的確就是《小酒館的悲歌》的譯者，多年來仍然謹守翻譯的崗位，樂此不疲。

那時候，樂樂已經遷居美國加州了，大約半年後，我有機會去美國一行，而樂樂住所恰好在我好友附近，因此就相約見面。樂樂是個熱情洋溢，活力充沛的人，喜歡書，喜歡笑，喜歡朋友，喜歡美的人與事。只要她認為好的一切，就恨不得掏心掏肝捧出來跟朋友共享。就這樣，我們通通信，打打電話，多年來一直維持這段遠隔重洋的忘年交。

二〇〇三年，樂樂返港探友，一天，她打電話來，說是有事相求，原來她又在為朋友作嫁衣裳。還記得那通電話她花了不少唇舌，說明明知道我有多忙多忙，但還是希望我能跟這位特別的朋友見個面，聊一聊。又說那朋友是個非常可愛的人，有心要多看看中英書籍，希望看後可以跟人談論一下，而我是最適當的人選了。那這位朋友是誰？「林青霞」，樂樂在電話另一頭說，聲音裏難掩興奮之情！

原來樂樂赴美結婚之前，是在香港活躍於電影圈的記者，跟許多當紅明星稔熟，包括張國榮、林青霞等天皇巨星在內。樂樂每次回港，都喜歡跟朋友敍敍舊，聊聊近況。這位喜歡看書的小姐，一聽到朋友說想多看看書進修一番，就樂不可支，覺得是自己義不容辭必須促成的天大要務，當下腦筋一轉，居然把圈子全然不同，年齡相差一截的兩人聯在一起。於是，二〇〇三年三月八日婦女節的那天，《小酒館》的譯者，遇上了《雲飄飄》的主角！

跟林青霞第一次見面，是在她的家裏。按理說，上門去講功課，女主人應該不會太擺架子的，但礙於天皇巨星的盛名，當時的心情還是難以形容，帶點好奇，帶點遲疑，不知道會面時如何寒暄？誰知道一打照面，所有的疑慮就一掃而空，只見她穿着一身乳白的家居服，不施脂粉，笑容滿面的迎上前來，一切都自自然然，好像相識已久的故交，接着，讓座、喝茶、談天、交流，在她家院子的樹蔭下，石桌旁，鳥囀聲中一坐好幾個鐘頭，天南地北的聊個不停，就這樣，南轅北轍的兩個人，居然交上了朋友。

此後十幾年的交往，跟最初的構想完全不同。上了幾堂課，香港沙士爆發，青霞帶着孩子離港避疫去了，此地的一切活動，隨之停頓，我們之間的友誼，也因此尚未開展就戛然而止。到了二〇〇四年底，樂樂自美國遠道前來參加黃霑追思會，大家才再有機會見面。青霞寫了懷念黃霑的悼文，這是她第一篇發表的文章。此後她文思湧現，創作不斷，自第三篇〈小花〉開始，我就成為她文章先睹為快的讀者，不斷逼她筆耕的主催。這期間，樂樂潛心禮佛，閉關修行，與外界不相聞問，我與青霞二人反倒交往頻仍。在那 iPad 和智能電話尚未普及的年代，青霞最初的稿子是用稿紙手寫的，通常在午夜或淩晨時分傳真機嘎嘎作響，我就知道又有好文章傳送上門了。

除了看稿，為推敲一字一句聊得興高采烈；傳閱新書，交換心得，我們更推心置腹，無話不談。十多年來，兩人共同經歷了喪親的至痛，在生命的低谷互相勉勵，彼此扶持，慢慢走出陰霾。我們不時相約觀崑曲，看畫展，聽演講，賞音樂，凡是有意思的文化活動，大家都樂意作伴共享。如此毫無機心，絕不功利的交情，可遇而不可求，歸根究底，這樣的機緣，竟然飄飄渺渺來自幾十年前着手翻譯的一部小說！

假如沒有《小酒館的悲歌》，我不會邂逅樂樂，結識青霞；假如不認識青霞，我不會說服她一起去北京拜會季羨林，她也不會向季老討文氣，寫下〈完美的手〉一文；沒有這篇奠基之作，她不會跟《明報月刊》結緣，從此在《明月》發表許多精彩的作品；沒有這許多文采斐然的佳作，她也許不會那麼快就結集出版散文集《窗裏窗外》和《雲去雲來》，讓無數讀者驚艷讚嘆。

《小酒館的悲歌》原文出版於一九五一年，當時麥克勒絲已然中風，想她拖着殘疾之身，在孤燈下辛苦伏案，字斟句酌之際，可曾料到自己筆下的每一個字，每一個詞，都飽含着神奇的力量，可以穿過山，越過海，來到遙遠的東方，借助翻譯的媒介，植入異國的土壤，有朝一日，發芽茁壯，開花結果，成就了無數亮麗的風景和美好的故事？

在浙大聽蘇童演講的翌日，原定去探訪一位暫居杭州的故友，說來巧合，那

二〇一八年在杭州與樂樂合影

朋友恰好就是樂樂。幾個月前，她修行出關，再入紅塵，然而因性喜文藝，渴望寫作，這次居然千里迢迢，遠道自美國來到江南，獨自一人借住名導演賴聲川坐落杭州的幽靜別墅。由於事前得知我會去杭州浙大開會，就相約在會後見面。

暮秋，雨後，踩着片片落葉，走在濕滑的小徑上，我慢慢向小巷盡頭行去。別墅庭院深深，池塘漣漪圈圈，這時心底升起了遐思串串，想起了李文俊、蘇童、樂樂、青霞、小酒館的悲歌……一本書，幾許事，冥冥中自有一線相牽，欲斷還連。

這世界，不信緣，可能嗎？

二〇一九年一月六日

一九四〇年《孔夫子》影片特刊

# 二 歷史長河的那一端

「金信民先生雖然是個商人，但是心底裏是個浪漫詩人」，這是講座一開始，主持人張偉先生在開場白裏對我父親的介紹。講台上依次坐着我、費明儀、張偉、柳和綱四人。

二〇一三年八月，剛成立不久的上海電影博物館舉辦「子歸海上——國寶級經典電影回顧展」，重頭戲就是民華影業公司在上海孤島時期攝製的創業鉅獻《孔夫子》。為隆重其事，博物館經香港電影資料館聯繫，特別邀請當年的製片家金信民和導演費穆各自的女兒，以及電影資料館節目策劃傅慧儀女士到上海來參加八月九日的開幕禮。第二天，博物館更特地舉辦「我們的父親」講座，除了費明儀和我，還請來了當年電影首映時金城戲院老闆的後人柳和綱。主持人張偉先生是位史學專家，也是上海圖書館研究館員學術帶頭人。他在講座上把七十三年前《孔夫子》攝製的緣起、過程、放映，以及日後的失落，大半個世紀後重見天日的經歷，娓娓道來，不但令聽眾對這部傳奇名片的背景有所認識，也使我對當年父親攝製影片的客觀環境及種種細節增加了解。

原來這部影片於一九三九年剛開始拍攝時的預算是三萬元，預定攝製時間為數月。以當時一般行情來算，拍一部電影的成本大約是八千元，時間則為六或七

二〇一三年作者在上海電影博物館《子歸海上》開幕式致辭

二〇一三年作者和費明儀合影

二〇一三年作者在上海金城大戲院《孔夫子》海報前留影

天，據說當年即使天皇巨星胡蝶的片酬也只不過五百元，卻已是群星之冠了。結果，這部由年輕製片家金信民不顧一切，傾力投資的歷史巨片，在凡事要求完美的導演費穆「慢工出細活」的執導下，足足拍攝了一年有餘，完成時共耗資十六萬元。一九四〇年十二月十九日，民華公司終於推出創業作《孔夫子》，並在「國片之宮」金城戲院隆重獻映。

根據張偉先生所贈《孔夫子》首映說明書影印本，我發現除了本事、廣告、插曲之外，在字裏行間，書頁紙邊上，竟然還有不少資訊的寶藏：例如《孔夫子》是在夜場九時一刻首映的；而「十二月廿五六七日三天上午十時半加映，座價上下一律七角」，據知金城大戲院當年樓上樓下共有一千六百個座位，即使場場客滿，以當時《孔夫子》放映的檔期來算（原本院方答應放映至一九四一年初，結果，臨時抽下，換上了戲院老闆製作的《紅粉金戈》），無論如何是無法還本的，更遑論盈餘了。奇怪的是，不惜工本的製片家似乎從未考慮到影片發行後的盈虧問題。在父親的心目中，投資拍片根本與揚名謀利無涉，正如他在《孔夫子》首映特刊的《序言》中所說：「人類走在『向上』與『向善』的路程上，電影應是『導上』與『導善』的工具之一。於此，我們希望對中國電影事業能繼續『盡其所能』」。這樣一個只求付出，不問收穫的製片人，在抗日戰爭孤島時期的上海，全心全意要攝製一部振奮人心，激勵民情的歷史片。這種做法，今日看來也許匪夷所思，但其實跟他的時代背景和豁達性格息息相關。父親生於滿清末代皇朝，出世後歷經辛亥革命，改朝換代，洪憲稱帝，張勳復辟，軍閥混戰，北伐勝利，種種巨變，喘息未定，又發生九一八事變，國難當頭，為了愛國心切，乃積極投入他熱愛的文化工作——方興未艾的電影事業，民華影業公司就是在一九三九年九一八紀念日成立的。即使如此，為拍片不惜一切，甚至傾家盪

《孔夫子》講學

《孔夫子》劇照

產而無怨無悔，除了對導演及其團隊極端信任，以「知其不可為而為之」的精神無限支持之外，確實與他畢生「視富貴如浮雲」的浪漫情懷不可分割。

記憶中，從小到大，父親從來沒有跟我談論過財經金融的事。小時候，他帶我去看京戲，觀話劇，出入明星紅伶的廳堂。劉瓊、趙丹、王人美、黃宗英的美譽如雷貫耳，梅蘭芳、言慧珠、麒麟童、金少山的大名耳熟能詳，甚至連我的啓蒙書都是京劇《大戲考》。我也看過他自己為募款賑災而粉墨登場，先後義演過京劇《打漁殺家》和話劇《秋海棠》。這樣的父親，一九四九年後遠赴台灣，五十年代南來香港，千金散盡而居然笑看人生，不改其樂。在香港，有一回，他滿頭大汗從外歸來，忽然感慨萬千：「今天經過天星碼頭，看見報攤上的報販在數報紙，厚厚一疊，一張，兩張，三張……就像有些人數鈔票似的，一張張數，數完了放在銀行裏，不懂生活，存摺裏多了個圓圈，有甚麼意思！」這使我想起了法國名著《小王子》的故事。聖埃修貝利創作的小王子在天際眾星之間遊蕩，來到第四顆商人居住的行星，對商人埋頭算賬的行徑大惑不解。「你在忙甚麼？」他問。「我在數天上發亮的東西，」商人回答。「啊！數星星，數來幹甚麼？」「我可以擁有它們。」「擁有了幹甚麼？」「我可以變得富有，富有了可以買更多的星星。」「有花可以摘，可以戴，你又不能摘星星。」「我把星星的數目寫在一張小紙上，再把小紙鎖在銀行裏。」原來世界上多的是數星的人！今年，《小王子》正好誕生七十週年，想當年作者在法國成書之際，遠在中國上海，有個商人未讀此書而早已參悟書中含蘊的真諦——父親不做數星的人，他是個賞星的人！

在大會講座結束後，主辦單位安排大家參觀博物館，由常務副館長范弈蓉女士陪同，上海大學影視藝術技術學院教授石川博士親自導賞。石博士知識淵博，對中國電影發展史了然於胸，如數家珍。博物館規模宏大，設備新穎，一行人由四樓漫步而下，經過了「光影記憶，歷史長河，電影工廠，榮譽殿堂」四個展區。由於石川博士的引領，迄今百年中國電影史上先驅的付出與血汗，努力和成就，歷歷在目，重現眼前。博物館中珍藏着一本《孔夫子》拍攝當年的劇照，望着照相本泛黃的紙，起皺的邊，神思恍惚中恰似進入了時光隧道，歷史長河上的霧靄慢慢散開，視野漸漸明朗，長河的彼端，赫然站立着一群年輕的愛國者，他們有勇氣，有魄力，幹勁沖天；不知天高地厚，無視世道艱險，為了實現理想而勇往直前。小時候，聽父親談論攝製《孔夫子》的種種事蹟，總覺得是遙遠的故事，模糊的逸聞，如今，目睹當年工作人員的斑斑心血，這一切都變得立體明確，眼前呈現的是真實的文獻，歷史的明證！父親與他的團隊，曾經辛勞過，掙扎過，奮鬥過，努力過！七十三年前攝製的《孔夫子》，經歷超逾半個世紀的跌宕坎坷，七十三年後終於回到了他的誕生地——上海！

這次影展，一共放映了兩回《孔夫子》。第一回於開幕式後在藝術影廳上演，第二回則在博物館《五號攝影棚》放映。《五號攝影棚》建於上世紀六十年代，重建於二〇一二年。據石川教授所言，當年父親租借聯華影業公司拍攝《孔夫子》的第三號片場，就在棚外馬路的對面，如今場址已經建起了一棟棟巍巍巨廈。《五號攝影棚》裏設有目前為止全國最大的三百平方米巨幅銀幕。在這樣設備齊全的場所放映經典名片《孔夫子》，可謂相得益彰，歷史鉅獻的古樸韻味與雄渾氣勢皆鉅細無遺的呈現出來。悉心觀賞之際，父親當年細述的故事一一重現腦海。「那一場雪啊！導演帶領整隊人馬出外景，等了好幾天才等到。」陳蔡之厄解圍後的漫天風雪，在冬天難得下雪或數年方得一見雪景的上海，就是這麼等出來的。「《陳蔡絕糧》夫子操琴的那場戲啊，拍了個通宵，我也陪着看了一宵，」父親說來猶有餘甘。孔子撫琴為征夫操，子路隨樂起舞，古琴之聲莊嚴肅穆，動人心弦，原來當年所配的音樂和樂舞，部份取材於明代朱載堉所著的《樂律全書》，而演奏的又是古樂名手，難怪僅僅音樂一項已經耗資三萬有餘了。原以為電影不必連看兩遍，誰知每次重看《孔夫子》都有嶄新的體會，導演費穆的拍攝美學和編劇手法，都功力深厚。此外，父親與他的團隊在七十三年前不但具有國際視野，在電影製作時聘請外國翻譯負責英文字幕，他們在推廣時的種種構思，如製作特刊，邀約廣告，放映前舉辦徵文比賽，孔聖盃乒乓賽，放映時每天抽獎贈送九大頭輪戲院戲票等等，如今看來，也都極富時代色彩。

為了懷舊與尋根，一行人特別要求於八月十日早上前往當年《孔夫子》首

二〇一三年作者在上海電影博物館「五號攝影棚」演講

映的金城戲院參觀。原來這家戲院也是《義勇軍進行曲》的產生之地。戲院坐落在當年的北京路貴州路兩條馬路接口的轉角處，七十三年來歷經滄桑，而仍維持舊觀，進口處是個前廳，由左右兩條弧形的樓梯環抱。戲院的接待人員説，樓梯還是當年的樓梯，那麼，一層層梯階上必定留下了父親當年的足跡。一九四〇年十二月十九日首映當天，年輕的製片家風華正茂，他是否懷着無比的興奮，三步併兩步跑上去觀賞自己的心血結晶？説明書上寫着「民華影業公司開天闢地敬謹貢獻，中國電影有史以來第一驚人之筆」，如今看來並非虛言。金城戲院二樓放滿了所有當年在院中首映影片的海報，許多兒時聽父親提起過的名片，都陳列眼前，其中最矚目的，除了《孔夫子》，還有聯華公司於一九三四年攝製的《漁光曲》，海報下列明此片於一九三四年連映八十四天，打破中國電影史上歷來的紀錄。看到這張海報，不禁令我莞爾，原來這破紀錄事件的背後，竟也涉及我那年少氣盛，好打不平的父親。當年為了替主題嚴肅的《漁光曲》打氣，他居然一擲千金，匿名在《新聞報》上刊登全版封面廣告，以示支持。一千銀元在上世紀三十年代並非小數，難怪多年後家中每次重提此事，我那賢良淑德的母親總對我說：「儂爹爹，專門喜歡做空頭事體！」所謂空頭事，就是不涉名利，無私忘我，世人眼中無法理解的大傻事！然而世事難以逆料，誰會想到當年虧了大本而又失落人間的《孔夫子》，由於香港電影資料館的全力修復，會在二〇〇九年重見天日，迄今數年間更在世界各地的影展上大放異彩呢！

二〇一三年八月十四日

# 三　將人心深處的悲愴化為音符——懷念鋼琴詩人傅聰

作者與傅聰合影於新亞書院五十週年院慶記者招待會上

電話那端，傳來傅聰夫人Patsy的聲音，低低的，卻沉穩：「我在教琴，可否過一會兒再通電話？」那天是二〇二〇年十二月三十一日，傅聰走後的第三天。

我知道她會挺過去的，各地問候的電話不斷，弔唁的電郵如雪片飛來，她要處理的事物太多了，相依相守數十載的伴侶驟然離世，難免哀傷欲絕，但是，對音樂的尊崇，對藝術的大愛，仍然要繼續下去，為他，也為自己！於是，她收拾心情，讓哀思傷痛化為一片樂韻琴聲，在傳授下一代的莊嚴任務中，向鋼琴詩人寄予至懇至切的祝禱！

我也深信，傅聰雖然不幸讓新冠病毒奪去生命，他並沒有離開，他永遠都在，活在我心中，活在全世界熱愛音樂，熱愛文化，能明辨是非，有獨立思想，儉樸純真，懷有赤子之心，即一個大寫之「人」的心目中！

不過是幾個月前，還在疫情之中向傅聰傅敏分別致候，得知他們安好，心頭放下大石。誰知道事情竟然會如此逆轉？

四十年的友情，像一棵繁茂的綠樹，怎麼就這樣突然枝斷葉萎，令人神傷！

回憶一九八〇年農曆大年初一，我因為要研究傅雷，從巴黎渡海到倫敦去拜訪傅氏昆仲。當時懾於傅聰的盛名，不免緊張，對他的了解也不夠，只知道他是名聞遐邇的鋼琴家，還以為他早年去國，也許跟父親沒有那麼近，直至後來閱讀了傅雷寫給他的許多書信，才開始了解父子之間的似海親情，傅雷對傅聰的期許之深，愛護之切，的確世上難見！一封封信經蘇聯輾轉寄到英國，書傳萬里，載滿了幾許關懷與思念！這批家書，包括了傅雷寫給當年兒媳 Zamira 的英法文信，承蒙傅氏兄弟對我信任，相識不久就囑我把這些信件翻譯為中文。

一九八二年初，傅聰來港，因為翻譯傅雷家書的事來電相約，我們在他半島的房間見面。交代完要辦的事之後，他的話就滔滔不絕而出，記得他含笑說：「你上次來我家，留下了一頂黑色的 Beret，帽子一時不見了，一時又出現了！」說得那麼隨意，就像是個相識多年的老朋友，使我一下子就放鬆下來。他一旦說起了頭，就一直說下去，我根本不需插嘴，而絕無冷場。藝術家的熱情，爽朗，純真，不矯揉造作，直叫人暖透心底。雖然是第二次見面，他卻跟我吐露了許多肺腑之言，大概有真性情的人，不再受拘於虛偽的客套，更無須在世俗的外圍兜圈子，在適當的時地，三言兩語，就可以直扣胸臆，觸動心弦的。

這以後，傅聰多次來港演奏，每次他必定為我留票，相約晤面。記得一次

二〇〇八年與傅聰合影：左起：作者、傅聰、南京大學校長陳駿院士、許鈞。

又一次聽完演奏後，去後台找他，總見到他換好唐裝，點上煙斗，一個人靜靜坐着，默默思量，臉上的汗水涔涔流下。我曾經問過：「你每次上台演奏，會不會緊張？」「當然會啊！人家説心裏小鹿亂撞？我心裏有幾十隻小鹿呢！」多年後，我看到別人對他的訪談，他説：「每一次音樂會，對我來講，都是從容就義。」試想一個畢生奉獻音樂的虔誠信徒，每日練琴十小時以上，深信自己「一日不練琴，觀眾就會知道」的鋼琴家，數十年來演奏過千百次的老手，居然把每次上台，當作一次「從容就義」，而不期然透顯出一股悲壯的激情，怎不使人聽了既嘆服又心疼？不但如此，每次演奏後，儘管觀眾反應熱烈，如癡如醉，問傅聰自己，他總是眉頭深鎖，長嘆一聲，幾乎沒有一次感到滿意的。

傅聰是個徹頭徹尾的理想主義者，對於音樂，他極為謙卑，自甘為奴，以勤和真來悉心侍奉。他一輩子的生涯，就處於勤奮不懈，永遠追求的狀態，活得十分辛苦。在家裏，他是個中古世紀的修道士，常想躲在一隅，專注音樂，不問世事，偏偏又古道熱腸，對世態炎涼感觸良多，對真理永遠執着，難以排遣；在途中，他又像個摩頂放踵的苦行僧，每次演出，往往在演奏前一天才到達當地，行囊未放，已經急不及待去練琴了；演出當天，繼續練琴，上台前不吃晚飯，演出後精疲力盡；第三天又匆匆踏上征途，從來沒有時間去遊覽或鬆弛。這樣的日程，周而復始，貫穿了他的一生，使他承受着無比的壓力，卻又永不言棄。

傅聰的真，體現在他對音樂的追求，也體現在他為人處世上。他從來不會敷衍偽裝，也從來不說假話。《傅雷家書》於一九八一年初版，一九八四年增訂版中，收編了我翻譯的十七封英文信及六封法文信。雖說只有二十來封書信，當初接手這任務時，也的確戰戰兢兢，不敢掉以輕心。畢竟這是翻譯大家傅雷的家書，要討論傅譯容易，要着手譯傅則是另外一回事了。我必須通讀全書，細心體會，悉力揣摩傅雷的文風，才能把他的英法文還原成中文。所幸這一次的嘗試，得到了傅聰的嘉許，他說：「你翻譯的家書，我看起來，分不出哪些是原文，哪些是譯文」。他的這句話，是我這輩子從事翻譯工作所得最大的鼓勵，我一直銘記在心，直到今天。一九九六年，傅聰重訪波蘭，發現了當年傅雷致傅聰業師杰維茨基教授的十四封法文信，這批信又於次年交在我手上。信中的措辭是非常謹慎而謙恭的，禮儀周到，進退有據，因此翻譯時需要格外小心，以免不符傅聰的要求。這批信是參考傅雷致黃賓虹書信的體裁翻譯的，完稿後傅聰說：「啊呀！怎麼你還會文言文啊？」一句肯定，就將所有的辛勞一掃而空。一九九九年梅紐因去世，遺孀狄阿娜夫人將一批傅雷當年寫給親家的法文信件交還傅聰，這批信件內容豐富，除了涉及兩家小兒女的閒話家常之外，也包含了不少對人生的看法及對藝術的追求等嚴肅的話題。收到這第三批信時不由得心中琢磨，家書用白話來翻，杰老師的信用文言來譯，這批信又該如何處理？就用文白相間的體裁吧！誰知道初稿完成後，傅聰一看並不滿意，他可不會客氣：「這語調，又不文又不白，怪怪的！」結果，我得努力揣摩傅雷致友人如劉抗等人的書信，以一鬆一緊，駢散互濟的方式，取得了文白相糅的平衡，九易譯稿之後才拿給傅聰看，終於得到了他的認可。

傅聰最討厭的是虛偽客套。一九八三年，香港大學頒授榮譽博士學位給他，我應邀觀禮。典禮之後，在茶會上一大群人圍着他索取簽名合照，令他不勝其煩，結果他乾脆誰也不理，索性避開了人群，拉着我躲到一個角落，悄悄問我，過一陣要去見一個甚麼聞人，那人到底怎麼樣？說時像小孩怕見大人似的，一臉盡顯童真。對傅聰來說，俗套的儀式，例如眾人聚集在公眾場所高唱生日歌教他受不了，一堆烏合之眾不分是非黑白的群體愚昧更讓他深惡痛絕！然而在私人的場合，談得來的朋友之間，他是毫無保留，真情流露的。有一回，在晚餐後同往酒館聊天，飯飽酒酣中，他憶起了少年往事，說到十七歲時從昆明返回上海，沿途歷經一月，困難重重，不知接受了多少善心人士的義助，才得以返家，說到激動處，不禁熱淚縱橫，難以自抑！當然，多年相交，開心見誠時，也曾看過他最真誠，最坦然，如赤子一般的笑容，連他自己也說：「不要以為我永遠在那兒哭哭啼啼，沒有這回事，我笑的時候比誰都笑得痛快！」（見〈與郭宇寬對談〉）。

一九八九年中，當時我出任香港翻譯學會會長，想到再過兩年就是傅雷逝世二十五週年，也是學會成立二十週年了，何不邀請傅聰來舉行一場《傅雷紀念音樂會》籌募基金，以推動翻譯事業？話雖如此，學會是個毫無資源的民間學術機構，怎麼請得起鋼琴大師傅聰呢？這事必須他答應義演才行。於是，硬着頭皮，鼓起勇氣，寫信徵求傅聰的意見。一九九〇年初，傅聰來電，表示一九九一年他決定來港演出紀念音樂會，義助香港翻譯學會募款。當時一聽，不由得驚喜交集，喜的是一個心血來潮的意念，原本有點像天方夜譚，居然得以如願；驚的是自己雖喜愛音樂，但畢竟不是內行，要在無兵無將無財力的情況下去籌辦一場募款音樂會，簡直有點不自量力。但是為了不負傅聰的信任，還是決定訂下了最大的場地文化中心音樂廳，並堅持樓上樓下二〇一九個座位齊開，以期達到最盛大的效果。為了配合音樂會，我們同時舉辦了傅雷逝世二十五週年的紀念展覽會，將傅雷生平的手稿、家書、生活照片等等在香港商務印書館展出，是為海內外傅雷生平的第一次佈展。十月二十四日，傅聰傅敏二人，一個來自台北，一個來自北京，於同日抵港。難得的是傅聰，十月二十九日才是演奏的日子，為了參加連串紀念活動，他居然提前五天來到，這可是絕無僅有的事。於是，我這主辦者也就因此有機會貼身全程參與了他在演奏前悉心準備的過程。十二月二十四日在啟德機場接了傅聰，一到旅館，曾福琴行就把練習用的鋼琴送上房間，音樂家也就馬上進入情況。隨後的幾天，他除了天天練琴，一律保持低調謝絕採訪。

一九九一年傅聰參觀香港翻譯學會舉辦的「傅雷紀念展覽會」

那幾天楊世彭執導的話劇《傅雷與傅聰》恰好在香港上演，傅聰於首演當天在啟幕後悄悄進場，散場前靜靜離開。至於「傅雷紀念展覽會」，他也是在開展前默默去參觀的。那些天，他心無旁騖，全神貫注在音樂上，誓要以最佳的演出向父親致最深的懷念。演出前，我陪他去文化中心查勘場地，那是一套非常嚴謹的程序，傅聰要求的是一架音色最佳的鋼琴，一個技術最好的特定調音師，一張最合適的琴凳，琴凳的傾斜面必須合乎某個角度，記得那天琴凳怎麼都調校不妥，一時情急，我還得速召外子從家裏送個墊子來。十月二十九日的紀念音樂會，終於在全場滿座的盛況下順利演出。音樂會後，兄弟二人終於可以鬆口氣，坐下來慢慢談心了。

傅聰對傅敏說：「要記得，我對政治毫無興趣，但是正義感卻不可一日或缺！」一句話，體現出一個真正知識分子光明磊落的胸襟與風骨！

這場音樂會，為翻譯學會募集了數十萬款項，成立了傅雷翻譯基金，並支援了學會往後幾十年的運行與發展。儘管如此，舉辦之初，仍聽到一些目光欠缺的會員說：「翻譯學會辦翻譯活動也罷了，搞甚麼音樂會！」他們哪裏知道，傅聰以音樂來紀念父親，是含有多重意義的。其實，只要真正了解《傅雷家書》的價值，就可以明白在對精神領域的追求上，傅雷與傅聰二人完全如出一轍。《家書》不是普通父子之間的閒談，而是「藝術家與藝術家之間的對話」，他們暢談藝術，縱論人生，而他們畢生從事的工作——文學翻譯與音樂演奏，無論在形式或內涵上都彼此類同，再沒有其他藝術範疇可以比擬！前者以文字表達原著的風貌，後者以音符奏出樂曲的神髓，翻譯者對原著的倚重，恰似演奏家對樂曲的尊崇，兩者在演繹的過程中，都有很大的空間去詮釋、去發揮，但必須有一定的章法和依據，不能亂來。翻譯家的自我，就如演奏家的個性，傅聰曾經說：「真正的『個性』是要將自己完全融化消失在藝術裏面，不應該是自己的『個性』高出於藝術。原作本來就等於是我們的上帝，我們必須完全獻身於他。」（見〈與潘耀明對談〉）。在這一點體會上，傅雷與傅聰完全是心靈相通的，他們父子二人，走的是同一條路！

在一九九二年跟傅聰所進行的訪談錄《父親是我的一面鏡子》中，他坦承父親性格中的種種矛盾，如憤世嫉俗而又憂國憂民；熱情洋溢而又冷靜沉着，以及畢生歷經的多重痛苦與磨難，似乎都由他承受下來了。傅雷處事衝動，傅聰指着自己那張俊臉上唯一的缺陷——鼻樑上的疤痕，回憶起童年舊事：「他在吃花生米，我在寫字，不知為甚麼，他火了，一個不高興，拿起盤子就摔過來，一下打中我，立即血流如注，給送到醫院去。」傅聰認為自己也常常衝動，他曾經對我表示，「我的名字音對了，字不對，我該叫做傅沖，林沖的沖，不是聰明的聰！」這固然是他面對着沉重的歷史包袱，個人的，家庭的，中國人良知的包袱而壓得透不過氣來時的感喟；然而在沉靜下來時，卻又人如其名——「聽無音之音者謂之聰」（《淮南子》），其實他內心深處篤信的，是不必宣諸於口卻永遠存在的真理，一種「larger than life」的至高境界。誠如李斐然在〈傅聰：故園無此聲〉一文中提到，傅聰的勇氣，也許可以說表現在他「沒有做過的事情上」：他一不接受政治庇護，二不稀罕商業包裝，即使因此得罪權貴，遭受排擠，亦在所不惜，君子有所為有所不為，名韁利鎖，對他根本不起作用，他可真正做到了「人不知而不慍」！生活在這個滔滔濁世中，眾人皆醉而獨醒，傅聰與傅雷，都是希臘神話中先知卡珊德拉一般的人物！

一九九八年，中文大學新亞書院成立五十週年，為了慶祝金禧並籌募款項，當時的院長梁秉中教授囑咐我邀請傅聰來港演出。傅聰如約前來，演奏會所選的曲目完全是蕭邦的作品，包括最為人樂道的《二十四首前奏曲》。如所周知，傅聰是最擅長演繹蕭邦的鋼琴家，兩人不但性情敏銳，天生氣質相同，並且都歷經過離鄉別井的哀傷，對故國的思念同樣刻骨銘心。傅聰曾經說過：「蕭邦好像我的命運」，而他認為《二十四首前奏曲》是蕭邦音樂中獨一無二的偉大作品，練習起來，是一項非常艱鉅的工作。然而我清楚記得，當晚在文化中心的演奏，是我多年來第一次聽到傅聰自認為滿意的演出；後台裏，也第一次見到他笑容滿面，如釋重負的神態。音樂會後新亞書院在半島酒店設宴慶祝，餐桌上，傅聰與金耀基教授分別坐在我的兩旁，一左一右燃起了兩支煙斗，兩位智者談興甚濃，雋永機智的話語，在煙霧繚繞中來回飄送，這是我第一次感到籠罩在二手煙下竟也其樂融融！

左起：史易堂夫婦、傅聰伉儷、作者與夫婿在新亞書院五十週年院慶晚宴上合影。

傅聰在新亞書院五十週年院慶記者招待會上

因為那次演奏，我在一九九八年夏曾經去倫敦造訪傅聰，請他提供一些近照和簡介，他居然面有難色，一時裏不知道如何去找，結果好不容易在鋼琴底茶几下翻出了幾張照片塞給我。他對身外之物從來都不放在心上，他說因為經常去各處演奏，返英時帶回一大堆不同國家的鈔票硬幣，統統放在紙袋裏，丟在衣櫃中。有一回 Patsy 收拾房間，看到櫃子裏一個皺巴巴的牛皮紙袋，還以為是廢物，一把丟到垃圾桶裏去。儘管如此，他那天倒是鄭重其事的告訴我，有一篇諾貝爾文學獎得主黑塞（Hermann Hesse）談論他音樂的文章，頗有價值，希望我有空時可以翻譯出來，這就是我於二〇〇三年發表的《黑塞「致一位音樂家」》。

一九六〇年，當時八十三歲的黑塞，通過電台收音機偶然聽到了時年二十六的傅聰所彈奏的蕭邦。一聽之下，大為激賞，忍不住寫下「太好了，好得令人難以置信」的字句。他認為那位名不見經傳的年輕鋼琴家所奏的蕭邦是個奇蹟，使他「感受到紫羅蘭的清香，馬略卡島的甘霖，以及藝術沙龍的氣息」，對他而言，這「不僅是完美的演奏，而是真正的蕭邦」。他更認為傅聰的演奏，「如魅如幻，在『道』的精神引領下，由一隻穩健沉着，從容不迫的手所操縱」，使聆聽者「自覺正進入一個了解宇宙真諦及生命意義的境界」。其實，黑塞寫完這篇文章之後，曾經印了一百多份，分發給知心朋友，希望能這樣把信息輾轉傳到大約在波蘭的傅聰手中。結果，黑塞於一九六二年就去世了，直到傅聰在七十年代初重返波蘭時，才由一位極負盛名的樂評家給了他這篇文章。因此，黑塞與傅聰，一位是心儀東方精神文明的文學巨匠，一位是沉醉西方古典音樂的鋼琴大師，兩顆熱愛藝術的心靈，就如此憑藉蕭邦不朽的傳世之作，在超越時空的某處某刻，驟然邂逅了！藝術到了最高的境界，原是不分畛域，心神相融的，兩人因而成為靈性上的同道中人，素未謀面的莫逆之交，成就了一樁傳頌千古的藝壇佳話！

傅聰雖然與蕭邦氣質相近，彈蕭邦就像蕭邦本人在演奏一般，但是這成就卻得來非易，鋼琴家除了長年累月勤於磨煉之外，還悉心研究作曲家手稿，並到蕭邦故居的舊琴上依稿揣摩，傅聰彈奏其他心儀作曲家的作品，如莫扎特、德彪西、舒伯特等，也一概如此，這就跟傅雷翻譯巴爾扎克和羅曼羅蘭之前致力吃透原文，又何其相似？鋼琴家多年來鍥而不捨的努力，導致他的手指在中年後患上了腱鞘炎而痛苦不堪，我曾經在他演出前，於旅館中幫他把撕成細條的藥膏貼，一條條小心翼翼貼在他十個手指的四邊，那時方才明白，原來止痛藥膏貼是不能整張團團貼在手指周圍的，因為這樣會減低手指的彈性，影響演出的效果。傅聰多年來一直在這種艱苦卓絕的狀態中練琴及演出，因此，他自認為滿意的一場表演，就成為難能可貴的千古絕唱了。幾年前我把這場演奏的錄音帶交給傅聰的忘年知音陳廣琛，最近聽說他正在積極籌劃整理這個錄音，希望能通過有心唱片公司的合作，讓它得以現代化的方式重見天日，假如真能成事，廣大的樂迷可就有福了。

傅聰當年由於父母的培育和熏陶，在熱愛音樂之餘，也喜歡詩詞歌賦，更鍾情地方戲曲。二〇〇八年六月，白先勇監製的《青春版牡丹亭》遠赴英倫演出，我特地從中為傅聰安排了搶手的戲票。傅聰全家都去看戲，一連三天，非常投入。傅聰與白先勇這兩位原本相識的性情中人，在音樂與文學上各領風騷的傑出大師，就因此在倫敦的劇院中，為中華文化的傳承而喜相逢，為演出成功的愉悅而留下了難得的合影。白先勇曾經說，他之所以寫作，是希望「把人類心靈中無言的痛楚轉化為文字」，那麼，跟他意氣相投的傅聰畢生努力所致的，豈不就是要「將人心深處的悲愴轉化為音符」？

二〇一三年十月二十七日，傅雷伉儷自一九六六年在文革中以死明志以來，經歷了四十七年的漫長歲月，終於由有關單位在浦東墓園舉行安葬儀式。那天傅聰跟兒媳以及傅敏夫婦來到墓前行禮致敬。自公墓移出的小小骨灰盒彷彿有千斤重，從傅氏兄弟二人的手中緩緩垂放鮮花圍繞的墓穴中。傅聰的背影微駝，步履沉重，畢竟是望八之年了，然而更沉重的應是他內心深處的傷痛。墓旁樸素的灰色碑石上刻了兩行字：「赤子孤獨了，會創造一個世界」，這是傅聰所選傅雷的話語，他堅持在父母的墓碑上，不能安置浮誇的雕龍飾鳳。如今，傅聰自己亦已大去，不知道

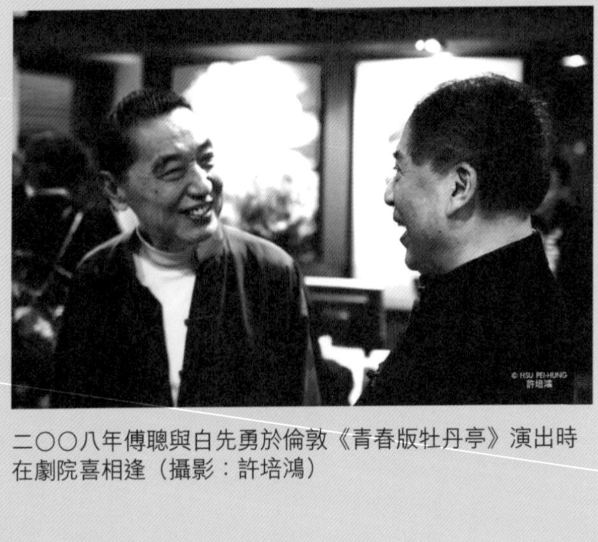


二〇〇八年傅聰與白先勇於倫敦《青春版牡丹亭》演出時在劇院喜相逢（攝影：許培鴻）

是否已與父母在赤子的另一個世界裏重逢？

二〇二〇年十二月三十一日，致電北京問候傅敏伉儷，夫人哲明告訴我傅敏在服藥之後，情緒方才穩定下來。十二月二十八日白天得到英倫消息，說傅聰仍在醫院留醫，但到當天晚上將近午夜時分，傅敏突然哀慟不已嚎啕大哭，說怕哥有不測！第二天一早噩耗傳來，傅聰不幸於二十八日下午三時許逝世，北京倫敦兩地時差八小時，正好是傅敏悲從中來的時刻！兄弟二人，手足情深，雖相隔萬

二〇一三年在浦東墓園舉行傅雷夫婦安葬儀式，圖為傅聰父子背影。

里，冥冥之中仍心靈相通，難捨難離！傅聰彌留之際 Patsy 與次子凌雲都守候身旁，他臨終時說了兩句話：「我想傅敏，我想回家！」

傅聰曾經說過，音樂的奇妙，是「能把全場的人都帶到另外一個世界……使人們的靈魂得到淨化」（見〈與華韜對談〉），他更說過理想境界永遠無法達到，世間沒有完美，恐怕惟有死亡，才能臻完美。如今，他已以八十六年的歲月，在滾滾紅塵裏人琴合一，自淬自勵，嚥下生命的苦杯，釀出救贖的甘醇。百年一遇的一代琴聖，從此安然回到天家，達致完美，留下清越琴聲美妙天籟，撫慰一代又一代世人悲愴的心靈！

二〇二一年一月八日

# 四　經受折磨，就叫鍛煉——懷念楊絳先生

作者與楊絳合影

初次會見楊絳是在上個世紀的一九八五年，已經是三十多年前的事了。那一回，香港翻譯學會的執行委員發起兩岸三地交流活動，也許因為是第一次舉辦這種活動，也許是因為大陸改革開放不久，這麼一個沒有財力，沒有後台的民間學術團體，居然在兩岸都得到了高規格的接待。在北京我們拜會了各種機構，包括了地位超卓的社會科學院。當天出席的有名聞遐邇的錢鍾書、楊絳伉儷，還有翻譯高手羅新璋等人。我的座位恰好安排在楊絳和羅新璋中間，因此會上可以盡情向譯界前輩討教。楊絳十分謙遜，說是正在構思一篇有關翻譯的文章，準備以慢鏡頭來剖析翻譯的過程，探討翻譯的要訣。這篇文章後來發表時以〈失敗的經驗〉為題，闡述翻譯時選字、造句，成章的步驟，及後改名為〈翻譯的技巧〉，是我在翻譯課上要求學生必讀的精彩論述。

坐在楊絳的身旁，自然會談到她的經典名譯《唐吉

二〇〇三年羅新璋與楊絳合影

訶德》，那時候年輕學淺，一出口就把書名中的「訶」字念成「ke」了，楊先生立刻糾正我：「這字唸『he』，不唸『ke』，說時，聲音輕輕軟軟的，溫柔而堅定。多年後，讀了她的《我們仨》，才知道鶼鰈情深，極少齟齬的錢氏夫婦，居然曾經為一個法文字「bon」的發音，好好吵過一架。楊說錢的發音帶有鄉音，又經法國友人論斷屬實，弄得錢很不開心。自此夫婦倆決定凡事互相商議，不再爭吵。由此可見兩位大家歷來對語言，對學問，對文化的執着和認真。我當時初識楊絳，就出了個洋相，雖甚覺尷尬，卻衷心感念前輩不吝指點後輩的真誠與坦率。

那時候，大陸開放不久，一切都很保守，楊絳卻穿了一身旗袍，配上她的優雅舉措，詩書氣韻，顯得一派雍容，與眾不同。這以後，我們保持書信往返。一九九八年香港翻譯學會決定頒授榮譽會士銜予楊絳先生，由我撰寫讚詞。雖經竭力勸勉，楊絳還是懇辭邀請，不肯前來出席頒授典禮，當時不解，如今我終於明白，歷經文革，飽嘗憂患之後，不求有名有聲，只求有書有詩的錢楊二老，再也不願意浪費共處的時間，去跋涉奔波，遠離國門了。楊絳寫了答謝詞，要我替她在會上宣讀。她的答詞很短，但十分精彩，言語返璞歸真，情感懇摯動人，最能表現出她那獨特溫潤的風格，也最能體現出翻譯的真諦和內涵：「翻譯大概是沒有止境的工作，譯者儘管千改萬改，總覺得沒有到家。世界文學傑作儘管歷代都有著名譯本，至今還不斷有人重新翻譯，表示前人的譯本還有遺憾。所以譯者常感嘆，翻譯吃力不討好」，確是深知甘苦之談。「達不出原作的好，譯者本人也自恨不好。如果譯者自以為好，得不到讀者稱好，費盡力氣自己叫好，還是吃力不討好。」答詞言簡意賅，文如其人。的確，楊絳能用最平實淺顯的文字，表達最深邃奧妙的涵義，恰似她常以最溫柔敦厚的態度，堅持最剛正不阿的原則。

頒獎典禮完成之後，楊絳給我來了封信，信裏說：「承費神為寫讚詞，不勝慚汗感激。頃得范君轉來證書和你的來信，照片及剪報。照片上看到你這樣漂亮的人物代我領獎，代我答謝，得意之至！專此向你道謝。」

楊絳待人寬厚，文革中欺凌他們一家的惡人，她都一一原諒，稱之為「披着狼皮的羊」；對於她的後輩小友，她則喜歡稱為「漂亮人物」或「小姑娘」，這是我每次登門拜訪或電話問候她時，常聽到的暱稱。她的確是個內外兼美的典範，內心美，也欣賞美。每次拜訪，只見她寓所中儘管陳設簡約，樸實無華，但總是鮮花不斷，清芳四溢，與盈室書香交融相襯，哪怕是她九十大壽，因錢先生和愛女錢瑗棄世未久而心情落寞的當天，小樓上不見喜幛高掛，卻有花卉悦目。

曾經四訪三里河，第一次去拜訪就是楊絳九十大壽的日子。那天，她原是閉門謝客的，聽到我來了北京，就答應讓我登門造訪。但是老人卻在寬容中見執着，有所為有所不為。她知道我因為在北京「人生地不熟」，必須找個同伴前往，但我連說了幾個名字，都遭否決，後來提到羅新璋，聽到是這位社科院的老同事，翻譯界出名有真才有實學的老好人，她欣然首肯說：「羅新璋？好啊！」這以後，我每次去北京必定探望楊先生，四次中倒是有三次都是羅新璋陪同的。

前後四次，相隔數年，楊先生給我的感覺卻是越來越健康，越活越精神。二〇〇〇年她九秩華誕（以陰曆計算）的那天，楊老形容憔悴，情緒低落，頻頻說別人過生時兒孫滿堂，自己卻形單影隻，怎麼勸她，都拒絕跟我們外出慶祝，連去吃碗簡單的壽麵也不肯。當時我們還在替她心中暗暗着急，不知道此後楊老喪女孀居的日子該如何排遣。二〇〇三年金秋時節再訪三里河時，楊先生已經精神抖擻，重拾歡顏了。那時，她的《我們仨》面世不久，風行一時；而出版社前一天才送來《錢鍾書手稿集》的樣書，這才是她幾年來孜孜不倦，努力不懈的成果。她興沖沖的拿樣書給我們看，只見書頁上擠滿了密密麻麻的小字，都是當年

作者與楊絳同看《錢鍾書手稿集》

錢鍾書鈎稽史料的斑斑心跡，細看之下，發現這些批語和心得，竟然遍及中、英、法、德、意、西、拉丁等多種文字。這樣如蛛網糾結，縱橫交錯的蠅頭小字，若非楊絳在哀傷落寞的歲月中，收拾心情，悉力整理校閱，怎麼可能有面世的一天？這使我憶起楊絳曾經說過，錢鍾書先走一步，細心想來是件好事，因為她可以留在現場，打點清掃。別看楊絳外貌嬌小柔弱，實則內心剛毅堅強，是個不折不扣的「女中豪傑」。早在楊絳當年生孩子進產院的那段時間，錢鍾書一個人過日子，難免天天「幹壞事」：第一天打翻墨水瓶，第二天搞砸了枱燈，第三天，弄壞了門軸，於是天天愁眉苦臉去向夫人訴說，揚眉女子聽罷回答：「沒關係，我會修」，讓夫婿高高興興放心而去。就是這種「天塌下來讓我頂」的精神，使當年的神仙眷侶雖歷經浩劫，因彼此勉勵，相濡以沫，而在極端簡陋困頓的環境中渡過難關，並著述不斷，創作不輟；也使晚年折翼，年屆九十的楊老昂然堅挺下去，在夕陽餘暉中，重新煥發出燦爛耀目的生命力！

誰會想到八十七歲時病歪歪，走路得扶着牆壁的楊絳，在錢鍾書逝世後，竟然獨自一人守護小樓十八載？三里河的寓所，曾經讓坎坷一生的楊絳欣然說道：「好像長途跋涉之後，終於有了一個家」；也讓她在晚年痛失親人之後悵然慨嘆，「三里河的家，已經不復是家，只是我的客棧了。」楊絳就是在這個「客棧」中，奮發圖強，八十九歲時翻譯柏拉圖的《斐多》；九十二歲時，發表《我們仨》及整理出版《錢鍾書手稿集》，九十六歲時出版《走到人生邊上——自問自答》，一百零三歲時，發表小說《洗澡之後》。

除了寫作，楊絳還天天勤練書法，每次登門拜訪，總看到她那書桌上宣紙四散，大楷小楷佈滿紙上。有一回，羅新璋看到楊絳的墨寶隨處亂放，就替我悄悄拿了一張，叫我藏好。誰知楊絳一回頭，我就老老實實的招供，說時慢那時快，老人居然手腳伶俐的一把搶了回去，咭咭笑着說「我的字老是練不好，等練好了再送你」。雖然那次搶不到她的墨寶，十分遺憾，卻得到了最親切的款待。她讓我坐在身旁，跟我慢慢聊天，輕輕閒話家常。「你媽媽幾歲了？」她問，「她是一九一一年出世的」；「那不是跟我同年嗎？幾月生日？」「陰曆六月」，「那不是同一個月嗎？」結果一算，兩人都屬豬，同年同月生，楊絳只比我媽媽大一個星期。她們都生於那個國家多難，充滿憂患的年代。媽媽不在了，眼前的老人卻健朗如松柏常青，冥冥之中，讓我覺得跟這位才學超卓的大家，除了景仰敬佩，又添了孺慕之情，她不再是高山仰止的偶像，而是常惦心中的長輩。

楊絳在《幹校六記》中說，「經受折磨，就叫鍛煉」。在我經歷人生最痛時，總是想起她那睿智的話語，心底明白，有她在前面領路，這條路儘管難走，也一定走得下去。不錯，閱讀可以忘憂，寫作可以療傷，楊絳多年來身體力行，給我們示範了最佳的榜樣。

如今一百零五歲的老人已飄然遠去，但是靈魂不滅，精神長存，我深信，她仍會以畢生輝煌的大業，繼續在前面為後學引領，照亮我們的迢迢人生路！

二〇一六年六月二日

二〇一六年白先勇《細說紅樓夢》新書發表會

# 五 「我才七十九」！

那一年，老是聽見他說這句話：「我才七十九」！有時，帶點抗辯，帶點不服，就在別人說他已年屆八旬，得享遐齡的當口；有時，帶點辭讓，帶點靦覥，就在眾人推崇備至，替他慶生的場合；但說來總帶點稚氣，帶點童真，就彷彿是個青少年在向眾人理直氣壯地宣稱：「我才十九歲」！

這就是白先勇，你無論如何都沒法把他跟「老」扯上關係。看見精神抖擻，活力充沛的他，無論是台上台下，人前人後，甚麼「老人家，老前輩，老教授」這樣的稱呼，怎麼說得出口？充其量只能叫他個「白老師」，其實心裏想着的是「白公子」——永遠童顏不老童心未泯的白先勇！

二〇一六年應邀前去參加白先勇《細說紅樓夢》新書發表會暨八十歲暖壽宴。兩場盛會都安排在七月七日，一在下午，一在晚上。行前，白先勇興沖沖的來電說，各地好友都會齊集台北，相聚一堂。早就知道他為這本《細說紅樓夢》的出版，花了無數心血，在短短時間裏，要趕出五十七萬字的最後校閱（期間還要抽出時間來為拙著《樹有千千花》撰寫序言，實在銘感在心），如今，新書終於如期出版了，不但如此，時報出版社還同時再版了早已在台灣絕版的經典「程乙本」《紅樓夢》，要重新復刻，全新校印這部卷帙浩繁的名著，涉及龐大的經費和無比的魄力，若無背後推手白先勇幾年來的不懈敦促，大力推動，又豈能成事！

到台北那天是七月六日。報紙，電視都在預告超級颱風即將來襲，全城風聲鶴唳，人心惶惶。那第二天要在圖書館舉辦的白先勇新書發表會呢？當晚在台北世貿聯誼社舉行的八十壽宴呢？會如期舉行嗎？這時候不由得使人想起了粵語裏「望天打卦」這句話。

七月七日那天台北竟然微風細雨，據報颱風將在晚上吹襲，於是主辦機構決定一切按原定計劃展開。下午不到兩點，圖書館中偌大的國際會議廳已經陸陸續續坐滿了來賓和聽眾。兩點半準時開始，這是一場「八十歲白先勇遇上三百歲曹雪芹」而心靈相融的盛會，也是一場文化旋風，論氣勢的浩蕩，不輸給即將來台的尼伯特！只是颱風帶來的是肆虐破壞，而這場文化旋風吹起的卻是天下第一書《紅樓夢》榮光再現，魅力重展的勃勃生機和熠熠華彩！

主辦機構負責人，贊助人，各位學者專家一一上台致辭，大家都情真意摯，為白先勇推廣中華文化的努力和執着而動容。其中最叫人印象深刻的是畫家奚淞的講話。奚淞是白先勇超逾半個世紀的摯友，在讀了白先勇的《細說紅樓夢》

二〇一六年白先勇八十壽宴

二〇一六年白先勇生日照片（攝影：許培鴻）

後，卻對這位老友有了嶄新的認識。他說白先勇論「紅樓」，就像後世專家把達芬奇名畫《最後的晚餐》慢慢拭拂乾淨，除垢去污，使其恢復原貌一般，尤三姐、琪官、晴雯等書中要角，隨同個性鮮明的主角，都在小說家的仔細拭抹，悉心剖析下，一一展現出各自玲瓏的本色；而白先勇最稱道的環節，是寶玉最後出家的一幕——寒冬清晨，舟旁岸上，但見有一僧人，光頭，赤足，白雪，紅袍！坊此人向着賈政緩緩一拜，自此緣絕塵世，飄然而去！這一幕是多麼令人震撼！坊間都說《紅樓夢》後四十回是高鶚續作，不予重視，張愛玲對之尤為厭惡，而白先勇卻獨排眾議，對程偉元和高鶚整理出來的一百二十回全本《紅樓夢》推崇備至，認為是震古爍今的絕世傑構！白先勇此說，會不會遭受各家的圍攻和抨擊？作家對此坦然處之，因深信文學是心靈之學，就像當年撰寫《孽子》一般，「我的心是個馬蜂窩，所有人都可以進來！」白奚二人是知交，白先勇曾在〈走過光陰，歸於平淡——奚淞的禪畫〉一文中說過：「在熙熙攘攘的人生道上，能有好友互相扶持共度一段，也是幸福」；奚淞在結語中則謂，「以認識先勇為榮」。的確，認識白先勇，與有榮焉，這豈不是所有白氏友人共同的心聲？

主角白先勇終於出場了。首先，他表示能夠在颱風前夕舉辦新書發表會，以文會友，看到各地好友雲集，風雨故人來，內心無比感動、感激，認為是一種難得的緣份和福報。他曾經在美國加州大學聖塔芭芭拉分校東亞系授課二十九年，期間悉心教授經典名著《紅樓夢》，退休之日以為自此飛鳥出籠，不執教鞭了，竟然把多年來認真備課的講義丟棄殆盡。幸好二〇一四年台灣大學邀請白先勇開設《紅樓夢》通識課，一連三學期十八個月由才子講解才子書，使得台灣的莘莘學子，能有機會重新認識這部曠世巨著的精彩面貌。當天發佈的新書《白先勇細說紅樓夢》，就是台大授課的導讀，「不僅對《紅樓夢》的欣賞與理解，指出一條康莊大道，更帶給讀者對傳統，對文學，對文化，對人生的感悟與啟發」。

由於白先勇當年授課時所採用以程乙本為主的一九八三桂冠版《紅樓夢》早已絕版，作家乃積極募款，努力推動，終於促成了程乙本一百二十回足本的重新面世。發表會上嘉賓獲贈的兩套大書：《細說紅樓夢》三冊共一千零四十頁；經典「程乙本」三冊共二千零四十七頁，兩套書加起來足足有七點五公斤重！

當晚的暖壽宴雖颱風逼近，但是滿堂賓客熱情高漲，雅興不減。風度翩翩的壽星公更是笑意盈盈，滿懷欣喜。白先勇在典雅的中式禮服上掛了一塊美玉，看來更具怡紅公子的氣韻和神采。坐在主家席上，趨勢教育基金會執行長陳怡蓁和名書法家董陽孜中間的主人翁，開席不久，就在眾友起哄下，與奚淞聯袂高歌一曲，為大家助興。早知道白先勇擅舞，不知道原來也能歌。當晚他唱了白光的《如果沒有你》、《魂縈舊夢》，還唱了台語歌《孤戀花》，一眾好友也紛紛獻唱賀壽，滿堂賓客，氣氛熱烈，誰都不記得窗外的風風雨雨。坐在我身旁，從香港遠道前來的實業家劉尚儉低聲說：「他原本就出自名門，是個賈寶玉，納蘭性德一般的人物！」

其實，他豈止是一位貴介公子，他更是個最具有悲憫心懷的認真作家。他最喜歡的頭五部文學作品，依次為曹雪芹的《紅樓夢》、杜斯妥也夫斯基的《卡拉馬助夫兄弟們》、普魯斯特的《追憶似水年華》、托爾斯泰的《戰爭與和平》，以及詹姆斯喬伊斯的《都柏林人》。這些名著都是內容嚴肅，含蘊豐富的作品，觸及人性的深處，生命的真諦，而白先勇自己的作品，雖然端秀精緻，卻也是如此沉重悲愴，令人讀後心為之悸動！他矢志要藉着寫作，「把人類心靈中無言的痛楚轉化為文字」，其作品的凝重深沉和性格的開朗樂觀，是個強烈的對比，因而使白先勇其人其書形成了環顧文壇，獨一無二的完美綜合體！

第二天七月八日，颱風登陸，台北市雖然沒有首當其衝，但全市休學休班。只有一日之差，原定的兩場盛會都可以礙於不測風雲，消失於無形。白先勇常謙稱，他推動的文化事業，全靠眾人相助，天意垂成，也許是他的善心善行感天動地，故獲得上蒼的恩寵眷顧，連風也姍姍，雨也悄悄，使一切都順利進行，圓滿結束。

八日晚上，由董陽孜做東，白先勇邀約海外返台的友人共聚晚餐。當晚我們歡聚五月雪客家私房餐館，席上言笑晏晏，賓主盡歡，歷時三句多鐘，直至店家打烊，方盡興而歸。巷子口臨別依依，白先勇送我出來，在身旁輕輕說：「影響我一生，最貼心的兩本書《牡丹亭》和《紅樓夢》，總算都為它們做了些事，了卻這輩子的心願了」。

這次台北之行，前後兩天，在各種場合見證了白先勇這位文壇巨擘的赤子之心，悲憫之情，曠世之才，淵博之學！大家對他期許甚殷，有人請他領軍製作崑劇《紅樓夢》，有人央他揮筆撰寫長短新小說，種種要求，不一而足。對了，他才七十九，呈現前面的是輝煌的文化大業，無盡的契機奇緣，正有待這位跨媒體，跨藝術的大才去開創，去發掘！

二〇一六年七月二十八日

# 六　姹紫嫣紅遍地開

二〇一八年四月八日《校園傳承版牡丹亭》
在北京大學演出（攝影：許培鴻）

這一回，白老師可真樂透了！劇場裏，坐在我身旁的他，整晚都興高采烈，開心得合不攏嘴。

《遊園》、《驚夢》那兩折，杜麗娘柳夢梅上場，扮相俊俏，身段優美，他笑了；小春香嬌俏活潑，他笑了；花神翩翩起舞，他笑了；《冥判》一折，判官噴火有模有樣，小鬼翻跟斗乾淨利落，他也笑了！前後兩個多鐘頭，這位推廣崑曲大旗手，《青春版牡丹亭》總製作人白先勇，一直樂融融，喜滋滋，深深沉醉於校園傳承版的演出，正如他自己所說，「整個人都給學生的熱情融化了」！

二〇一八年四月十日晚，為慶祝北京大學一百二十週年校慶，校園傳承版《牡丹亭》在北大百週年紀念講堂隆重首演。早在二月白先勇來香港中文大學開講《紅樓夢》時，就已經邀約我屆時前往北京參與其盛。《青春版牡丹亭》看過好幾回，上一次就是十一年前在北京大劇院觀賞的。那麼這一次又有甚麼特別吸引之處呢？

「這次的戲，是由全北京歷經兩次公開選拔，從十六所高校，一所中學，選出演員二十四人組織而成的，一共有四個杜麗娘，三個柳夢梅，兩個小春香」，白老師說來眉飛色舞，「啊呀！最想不到的是樂隊，本來以為要找蘇州崑曲院的

北大演出（攝影：許培鴻）

樂隊來助陣，誰知道連這個也是由學生自己組成的呀！」原來當天北大校園傳出的裊裊絲竹之聲，竟然是十四位年輕演奏員日以繼夜操持勤練的成果！

最不可思議的是，這十六所高校，除了北京大學、清華大學等大家熟悉的傳統名校；中國戲曲學院、中央戲劇學院、中央音樂學院等與戲曲有關的學校之外，居然還包括了北京理工大學、中國政法大學和中國石油大學等表面上看來與藝術風馬牛不相及的高校；而學生各自攻讀的系別，更是多姿多采，在演員表中，有哲學與宗教系本科生的杜麗娘，國際關係研究生的柳夢梅，計算機科學與技術系碩士研究生的大花神等，這一群志趣各異，專業不同的高校生，出於對我國優美傳統文化的欽慕，百戲之祖崑曲的熱愛，在課餘之暇，自動自發的聚攏一起，為投入這項由北京大學崑曲傳承與研究中心二〇一七至二〇一八年推出的重點項目而悉力以赴。

校園傳承版的演出，由遊園，驚夢，言懷，道覡，離魂，冥判，憶女，幽媾，回生共九折組成。這樣濃縮一晚演出的精華版，幾乎把《牡丹亭》一劇中所有的行當生旦淨末都囊括了，加上琵琶、古箏、揚琴、二胡、簫鑼鐃鈸等各種樂器齊全的樂隊，很難想像是由一群來自各校的莘莘學子聯袂組成的。自從二〇一七年七月一日成立項目以來，這群並非崑曲專業的演員和演奏者，才經過八個月的集訓排練，就有了如此超水準的專業演出，成績之佳，實在是令人喜出望外，嘆為觀止！

在八個月刻苦的排練過程中，參與的學子除了平時上學之外，所有的課餘時間都已奉獻在崑曲演出的大業中。演員要學習唱功，表演，化妝三類；演奏員則專攻技巧與樂器配合。所有的課程都聘請崑曲院團專人指導。不但如此，全體學員除每週校內集訓，還曾經三次前往蘇州取經，根據角色分配，接受蘇崑專業演員單對單個別指導。這種做法，不由得使人想起，十多年前白先勇最初策劃《青春版牡丹亭》時，曾堅持要求劇中主要演員如俞玖林、沈豐英等人向師父汪世瑜、張繼青行跪拜大禮，目的在使崑曲後學以莊敬虔誠之心，接受我國傳統文化的洗禮，從而進入百戲之祖優美典雅的殿堂，正式成為百年戲寶的傳人。如今，俞沈二人已成大器，蜚聲藝壇，正是栽培後起之秀的時候了。四月十日晚只見台上男女主角揮灑自如，配合得宜，《幽媾》一折的柳夢梅，扮相唱腔，舉手投足，均唯妙唯肖，帶有八九分師父的影子，身為師父的俞玖林，還有太師父汪世瑜，當晚都在台下觀賞，想來必定跟總策劃人白先勇一般深感欣慰吧！

當晚的演出，除了表演細膩，樂隊出色之外，服裝典雅精美，舞台光彩奪目，原來一切的佈景道具服裝都是向蘇崑遠道借來的，此外，舞台上董陽孜蒼勁有力的《牡丹亭》三個大字，宛然在目，舞台下書法家還親蒞劇場觀賞演出。記得董在觀劇後興致勃勃的說，「本來不想來的，給白先勇硬拖來，誰知道演得這麼精彩！」千里之行，始於足下，白老師十多年的無私付出，播種灌澆，終於開花結果，喜見成效了！

記得二〇〇七年的四月，也是桃紅柳綠春濃時，我和白先勇應王蒙之邀，前往青島海洋大學演講。有一晚我們在下榻的旅舍聚晤，談起了彼此為弘揚傳統文化，推廣華文教育的艱辛。那時候，白先勇推廣崑曲的大業起步不久，而我正在為籌辦新紀元全球華文青年文學獎而奔波，我們交換心得，竟然同有許多不為人知、舉步維艱的經歷。如今，十一年後，看到崑曲的發展，不但遍及神州，兼且揚名海外，二〇〇五年白先勇在北大推出《青春版牡丹亭》時，百分之九十五以上的年輕人不識崑曲，如今，崑曲課程成為北大、中大、台大最為熱門的通識課程。尤有甚者，年輕的崑曲觀眾竟然蛻變為熱情的崑曲演出者，這一種傳統瑰寶，經過傳播，變為傳承；再由傳承，廣為傳播，如此周而復始，循環相繼，古老的崑曲藝術，經由一代代年輕的生命來演繹，來發揚，必將煥然重生，青春永駐。

北京大學此次校園傳承版《牡丹亭》的演出，不僅是一次成功的表演，更是一項標誌性的文化事業，意義深遠。試想一下，這次的崑曲演出者，都是二十來歲的年輕學子，二〇〇五年白先勇在北大首推崑曲時，他們還都是七八歲的孩子，十三年後，居然在百年禮堂的舞台上，將崑曲中的「情」與「美」演繹得如此動人心弦！經此中國文化精粹的一脈相連，一線相牽，的確是崑曲傳承計劃成功實施的明證！從「看起來」到「演起來」，崑曲的傳承，終於後繼有人了！白

中大演出（攝影許培鴻）

二〇一八年十二月二日《校園傳承版牡丹亭》在香港中文大學演出（攝影：許培鴻）

老師內心的激動與寬慰，可想而知。難怪他精力充沛，始終不老，因為常年矢志弘揚中華文化，心中有一把不滅的青春之火，永遠燃亮着絢爛的生命之花！

從北京回港後，白先勇託付我跟中文大學校長商談，希望將《校園傳承版牡丹亭》帶來香港，並在中大演出。承蒙段崇智校長竭力支持，金融界翹楚李和聲先生慷慨贊助，二〇一八年十二月二日，《校園傳承版牡丹亭》在中大順利公演，當天，全港崑曲迷聞風而至，盛況空前，林青霞當然也是熱烈捧場的座上客，我們相依而坐，重溫了十一年前在北京大劇

作者與《校園傳承版牡丹亭》中大演出贊助人李和聲先生合影

院共賞佳戲的美好時光。

記得多年前，白先勇曾經為「全球華文青年文學獎」題字曰「有奇花異卉，開萬紫千紅」，這就是今時今日大師推廣崑曲而終見佳績的寫照！

二〇一八年四月十三日初稿

二〇二二年一月二十六日修訂

# 林青霞與愛林泉

《談心》系列發表後，林青霞每星期按時發給影迷群「愛林泉」傳閱，並請他們在一小時內寫好讀後感，她再一一回覆。此處選取其中精彩片段，以饗讀者。

1

確實和知心的朋友之間都會有密語，一個眼神，一個微笑，就知道對方在想甚麼，無須太多的語言就能心領神會全都知道，姐姐的圈子大，人脈廣，主要是因為姐姐對待每一位朋友都很用心，心細得恰到好處，我以後要學習姐姐的這份細緻，既能把朋友照顧得很好，也不會讓彼此感到尷尬，這就是交朋友的核心要領，也要學習姐姐那份刻苦求知的精神，豐富自己，也豐富生活。

**心頭愛**

**林青霞回應：**

心頭愛，你很會交朋友啊！得了！就照你那個方式交，以真心換真心。

2

為甚麼說姐姐是有福之人呢？看了聖華姐〈「還想妙得」與饒公〉最後一段：「南饒北季」聞名遐邇，姐姐得其二人「文氣」就好比「鳳雛臥龍得一人即可得天下」。哈哈，姐姐必練成「神功」！

再說姐姐是有福之人，姐姐的溫柔體貼無時不在，聖華姐在文章中提到姐姐對老人的溫柔體貼善解人意，我也深受感動！與姐姐神交兩年，姐姐在群裏就是扮演「知心姐姐」角色。我們難過她開導我們；我們取得成績她比我們還興奮；我們生病她為我們祈福……怕我們擔心無論多忙，她都會來群裏問候！這就是姐姐的「福氣」，所以姐姐是最有福之人！

**煙雨客**

**林青霞回應：**

煙雨客，你說姊是有福之人，姊有部份的福是愛林泉帶給我的。我從愛林泉學到很多，我學到如何愛人和如何接受被愛，面對你們，我反應快了，為了逗你們開心，我變幽默了。也許我才是最大的獲益者。

3

「還想妙得」，還想，應該就是遷動藝術想象，妙得，則是妙得對象精神。姐姐和金教授以及那些文壇作家都是把學術和藝術融為一體的。作家寫作寫出來的就是作品，而作品就是藝術。

文章中提到的饒老先生更是懂學術，愛藝術的，還記得饒老在為人修學中有自己的「三境界」：第一是「漫芳菲獨賞，覓歡何極」；第二是「看夕陽西斜，林隙照人更綠」。「紅蕉尚佇，有浩蕩光風相候」為第三重境界。正因為這三境界，饒老高齡也還有積極向上的心態。我們也要學習這種心態，正所謂活到老，學到老，姐姐不僅是在寫作還是畫畫，唱京劇以及閱讀上都是精益求精。

**阿七**

**林青霞回應：**

「還動藝術想像，妙得對象精神」。阿七有獨到的見解！看你的文，如果我不知道你是十五歲的高一生，還以為你是年過半百的飽學之士。了不起！你好好寫文章，將來一定是大作家。

4 很多東西，只得意會，不得言傳。還想妙得這四個字，說的就是一種領悟，領悟是靠自己的智慧與認真去進行的，兩者缺一不可。而智慧實際是一種變通，一種轉換。青霞姐在寫作中能懂得這四個字，說明是個會轉彎而靈活的作者。我平時也很愛看書，也會寫點東西。我也時常會反覆去看自己的文字，總覺得平淡如水，有些時候把看過的書好的構思與精華代入到自己寫的文字裏，會覺得自己脫離了一種新意，反而變得刻板與生硬……

希望新的一年，我的文字和性格都可以變得不再枯燥，不單單是白開水，為賦新詞強說愁的無趣，而是一點點的進步，一下子太大的變化不可能，話不敢說太滿，還想妙得不敢當。只希望自己慢慢變得不再刻板無趣。

**夜來香**

**林青霞回應：**

夜來香，你是個「大人」，你太理性，要有赤子之心才好玩，我和張叔平就長不大，最怕大人，我們也能從各方面還想妙得，你要放開自己，讓思想奔放，多所領悟，不要操心自己寫得不夠好，你看這麼多書，相信寫作也不會差到哪去，你這篇文章我看了兩次，至少你把自己分析得很清楚。我喜歡太宰治就是因為他善於自省，勇於自我批判。許多大作家給我的指導是，寫自己喜歡的題材，寫自己熟悉的題材，感情要真摯。你試試看會不會好點。

5

謝謝金教授的文章，原來寫文章做事並不是尋章摘句，而是身體力行，筆觸就像從自己讀過的書籍裏潺潺流動，不必太用力也會有神采、有神韻，可謂落筆生花。我在生活中也是一個靦覥的人。「放不開」這三個字如同唐僧對孫悟空實施的咒語一般，縈繞在我的腦海，性格敏感、羞怯也沒有錯，錯在我的心容不下自己。向姐姐學習播撒快樂的種子，快樂樹也從心底生了根、發了芽，有了萬事開頭難的第一步，下自成蹊指日可待。

我時常感嘆姐姐的待人處事，思維局限時會聯想姐姐是怎樣從極致完美中獲得救贖，又是如何由敏銳感受到放過自己，姐姐的一言一行也潛移默化的影響着我，也引領着、伴隨着更多的人成長進步。

**詩堯**

**林青霞回應：**

詩堯，知道姊從影二十二年為甚麼沒拿到很多演技獎嗎？就是因為放不開。不過羞怯、矜持、敏感也是有它的魅力的。你姊放得開也是六十以後的事，你還年輕，有的是時間，從現在開始面對、接受、處理、放下。拿出專業的精神做你正在做的事，那是工作，嘗試各方面做好它，不求完美，只求盡力，或許你慢慢會放得開，等有一天你真正放得開了，你的生命就充滿了喜悅，同時也能帶給他人快樂。

6　姐姐曾經是一個明星，從甚麼都不懂開始創作直到現在的有所成就，都是因為她的毅力和熱情。她熱愛生活，用文字記錄生活，她沒有很多華麗的詞藻，但是她有一顆樸實的心。在最後希望我的姐姐以後寫作不需要冥思苦想而是文思泉湧，妙筆生花。

**小傑**

**林青霞回應：**

小傑，姊只有在回你們的訊息才文思泉湧、妙筆生花的，自己寫文章可真是要費大功夫和時間了。

7 如果姐姐如願考上台大，那會是另外一個故事了，可能我們不會在大銀幕裏認識您，而是更早的在文字中感受您的魅力。

二〇二一年，姐姐說：「當下就是永久」，這句話真是太妙了，慢慢發現，居然適用在每一件事情上，不念過去，不看將來，認真過好當下的每一天，認真做事，好好待人，未來自然會變得很美好，而回首看，曾經的每一天也都因為自己的認真而過得充實而美好，「當下就是永久」即是過去，現在和未來堅實的基礎。

**姑娘正十六**

**林青霞回應：**

你能從「當下就是永久」得到啟發，姊花多少時間都值得，你再把自己的領悟傳給他人，讓世界變得美好，多好。沒唸大學一直是姊的遺憾，後來想通了，不一定要上了大學才能求知識，生活中隨時都可以學習進步。

8　也許是因為白先生本身就是一位偉大的小說家的緣故，今天閱讀金教授的這篇《談心》後，腦海裏反反覆覆揮之不去的兩個字，就是「故事」。曹雪芹先生則無疑是響徹古今中外最會講故事的人之一。而如葉嘉瑩教授所言：白先勇先生卻與他成為了隔世的知音。而奇書《紅樓夢》之能，卻得白先勇先生取而悅之，實為一大隔代的奇遇。得此《紅樓夢》真諦的白先生在反覆確認過後又認為：「還是林青霞的賈寶玉最接近《紅樓夢》裏的神瑛侍者怡紅公子」。那這，又算不算是隔代的奇遇與當代的奇遇相加呢？

雖然姐姐最終沒能出演還原白先生故事中的李彤、尹雪艷。但姐姐從白先生細說的《紅樓夢》中汲取的靈感，卻為讀者們還原出了更多的動人的人物形象。這也算是另一種合作的延續吧！

流言

**林青霞回應：**

匆匆讀完你這篇，非常喜歡，我要再讀兩遍，覺得可以學到東西。記得白老師的教導，「有人物、有故事就可以寫小說了」。去了一趟伯明罕，在教堂的空地角落上，看了一眼佈置成瑪麗亞處女生下耶蘇的草棚倉我突然有所悟，原來世界上萬事萬物都有故事，看你怎麼說，看你信不信。

蔣勳有精彩的《細說紅樓夢》，林懷民排演過紅樓夢舞劇，白先勇在大學裏講了幾十年「紅樓夢」。不好意思，你姊實在忍不住想偷笑地告訴你，他們三位大師都說你姊演的賈寶玉最像書裏的賈寶玉。

9

聖華姐這篇文章讀了好多遍，很感謝聖華姐能夠知曉姐姐的心意，帶着姐姐結識文學界的名師益友們，讓姐姐走在了開滿鮮花的文學道路上，姐姐謙虛又努力，聖華姐更是錦上添花努力助攻，這才成就今日文章越寫越好的林作家。

今天通過聖華姐的文章跟着姐姐一起走進香港中文大學善衡書院的高桌晚宴中，看到演講這一段，彷彿此時自己也是台下那一個聽得屏息凝神的學子，不僅感受到禮堂中濃烈的文學氣息，更能感受到姐姐繪聲繪色的講述着每個故事。

很喜歡姐姐演講的主題「實現不敢想的夢想」，如今正值二十來歲的我們擁有很多夢想，希望自己也能和姐姐一樣，保持初心，要有一顆癡心，勇敢去做，相信自己，勝利一定屬於我們，行動就是最好的證明。

想像了一下，愛林泉幾百號人有朝一日也可以歡聚一堂，坐在台下聽姐姐講人生百態，聖華姐也在姐姐旁邊，現場講姐姐們過去那些有趣的故事，逗得我們嘎嘎笑。這個夢想，希望宇宙接收到我的訊息，說不定哪天，就真的實現了呢。

**運動歌手程耶哼**

**林青霞回應：**

耶哼！你的夢想不難，會實現的。

---

10 十八年的時間是姐姐的「勵志」三部曲而那個下午做的遙遠的夢也已經實現了。

這次不僅看到了三部曲的故事，還有那麼多姐姐的創作時光，跟金教授一起修改文章的日常，尤其是追求完美的姐姐把翻土犁田的痕跡消除了的時候，感覺金教授很惋惜啊，有種「孩子」成長過程想好好記錄的樣子！

**臣臣**

**林青霞回應：**

臣臣，真的，這些生活上不經意的事，過了也就過了，經金教授記錄下來，豐富了我們的生活，雖然是寫林青霞，實際上很有勵志作用，真是功德不淺。

11 看完金教授這篇文章，想起來姐姐在《偶像來了》說的一句話「演過這麼多角色，發現最難演的是自己」，看到現在的成功轉型的林作家，覺得姐姐把自己活成了自己想要的樣子，演繹自己的傳奇人生。姐姐當初想也不敢想的美夢，是姐姐的堅持不懈與執着，才成就了如今的林作家，這些再也不是姐姐想也不敢想的夢了。

**江楓魚眠**

**林青霞回應：**

江楓魚眠，看樣子你們都當姊轉身成為作家了，但你姊只敢承認才轉了四十五度身。

12 最早知道金聖華教授的名字源自於關於傅雷先生的報道，卻不知道這位才華橫溢的作家會和我終身摯愛的姐姐成為文學上的朋友。畢竟我喜歡上姐姐的年份在一九九四年，那個時候她的光環與文學沾邊的大概只有影視作品中的角色了。

從一九九四年至二〇二二年，一共二十八年，當我對姐姐的喜歡慢慢變成習慣和靈魂伴侶，她一生不斷前進，對未來從不設限的精神也影響了自己，「膽大包天」可能指的就是勇於嘗試，讓有限的人生創造無限的可能。畢竟自己在三十歲這個接近中年的年紀告別家鄉大連去上海打拼，再毅然決然的從辦公室的安穩邁出轉行的腳步進入律政界做律師，以上種種看似冒失的改變中都有姐姐的影子，因為我想追上姐姐不斷成長的人生，在各自的生活中光彩明亮。

**名人**

**林青霞回應：**

名人，那我們就用赤子之心做膽大包天的事吧。姊給你取的「名人」真跟你配呢，希望有朝一日你將成為名人，一個有名有正義感的大律師。

---

13

每次看聖華老師的文章，我都要看反覆看好幾遍，不禁感嘆大家果然是大家。每次寫姐姐都看得我着迷。我彷彿又愛上姐姐，姐姐另一個不被大家見到熟知的一面。羨慕你們的友情，互相珍惜，亦師亦友的關係。可以聊文學寫作，可以聊家長里短，不一致但又合拍。我覺得聖華老師很愛惜姐姐，更讚賞姐姐的才華，而姐姐敬重聖華老師，這份情意不單單是友情，更是人生難得一知己。

最後謝謝聖華老師，展開筆墨敘述和姐姐有關的種種。看完以後真的更愛姐姐了。感謝遇到姐姐和聖華老師。心情煩躁，生活不順時看看文章無疑是最有用且最安心的方式了。

**曉芸**

14

十八年的友情來之不易，一份珍貴的友情不止需要志同道合還要有互相的共情感。金教授在姐姐寫作道路上真是大功臣，把姐姐妥妥的轉型成為一名作家（您在我心中就是作家，不接受反駁）。從中發現金教授描述人物的細節處也很細緻入微，金教授在平日生活裏也是個細節控吧。

以前林青霞這位大明星是離我好遙遠，想念的時候只能通過影片以解相思之苦。現在天天能在愛林泉群裏天南地北的歡聊。後續又看了金教授《談心》系列的文章後讓我們更近一步了解姐姐寫作路程，還有對朋友間無微不至的關心和照顧。希望以後能多多看到金教授的文章，讓我受益匪淺。太宰治的《人間失格》還沒看完，等看完後再來表達一下內心感悟。

**呈子**

**林青霞回應：**

呈子，一說到姊姊的好處就霸道起來，還不准反駁呢。太宰治真是讓人心疼的作家，他那麼憂鬱，難怪女人都想保護他，《人間失格》好看。

---

15 金教授真的是高產。這篇《談心》開篇就很抓人，誰都想知道和林青霞哪來那麼多話可以聊。相對之前的文章都要長一些，但不覺得枯燥，描寫了很多段小故事，隨着時間線慢慢展開，能感受到姐姐的閱讀與趣隨着時間慢慢轉移，這大概就是良友的魅力金教授的魅力文學的魅力。事件細節的描述點到即止，不覺得囉嗦，最難得就是剛剛好。我也驚嘆於金教授驚人的記憶力，是怎麼可以記得十八年間那麼多細碎的場景。

**武林**

**林青霞回應：**

武林，金教授有一雙慧眼、一對慧耳，眼裏看到，耳朵聽到的都是好事，所以她筆下的人物都讓人有親切感。

16

彼此關愛惺惺相惜。

從《談心》系列文章裏可以到看聖華姐是真愛姐姐的。有個知己願意傾聽，能聽懂你說的是甚麼？要表達的點在哪裏？這是高山流水遇知音的境界。人生能得到這樣的知已總算人間值得。感情總是相互的，無論是友情親情還是愛情。聖華姐欣賞姐姐，也可以說疼愛姐姐。手裏的軟鞭讓姐姐不斷進步。

聖華姐也是用愛來寫和姐姐一起走過的十八年。讓更多的讀者了解不一樣的林青霞，那些沒有看過姐姐的書，只看過姐姐電影的大眾通過聖華姐的《談心》系列看到我們親愛的姐姐是如何從紅毯到綠茵的？

這是常懷赤子之心的聖華姐，這樣的聖華姐也讓我愛了愛了。姐姐我有一個願望：如果有機會我們真的見面了你可不可以帶着聖華姐一起和我們相見。我要當面謝謝聖華姐，也想要抱抱她。謝謝她寫的談心系列，謝謝她和姐姐志同道合成為非常好的忘年交。

**木蘭**

**林青霞回應：**

木蘭，一個願意花時間聽你傾訴的人，是愛你的人。聽完了能夠給予寶貴意見的人，是愛你的人。從來不重複你秘密的人，是愛你的人。這三種特質都在金教授身上體現了。我已經跟她表達了你們想見她的心意。

17

金聖華教授的《談心》系列，每週更新，與我們共處了最近這四個多月，寫的是她指點和陪伴好友林青霞，華麗轉身，躋身文壇的往事。這些往事，又牽引出她們和諸多位文壇大咖交流文化文學的故事，篇篇精彩，引人入勝，最後一篇讀完只覺得氣壯山河，原來中文可以這樣澎湃的。

我是看到第二十篇的時候才赫然醒悟：金教授不是在「寫」林青霞，分明是在「翻譯」林青霞啊！因為金教授是翻譯家，所以我戲言金教授版本的「林青霞」一定是最接近於「原著」的！

從庚子大疫，林作家新書出版，回歸微博，到辛丑年一整年和粉絲互動，再到壬寅年的春天，外面依然是瘟疫橫行，戰火紛飛，而在愛林泉的粉絲群裏，青霞姐言傳身教地指導着粉絲們讀書寫作，介紹很多好書，好文章給我們看，這次推薦的是《談心》。

往事，穿越着時空，在我們眼前重現，而寫讀後感，讓我彷佛躲進一個烏托邦。這段寫讀後感的日子，匯集青霞姐姐兩岸三地還有海外的影迷粉絲，書迷粉絲，大家都能看中文，寫中文，無數的共鳴，文化認同，讓我真的很感動。這一切，難道不魔幻嗎？不現實嗎？

拉美魔幻現實主義文學的精髓在於：你以為這是文學創作，其實他們都是真的，他們有加西亞．馬爾克斯的《霍亂時期的愛情》；金教授的《談心》，你以為她這是文學創作？然而這也是真的。我們每週的讀後感，宛如一遍一遍重複表達着對兩位前輩的愛與敬意，這是我們能給到的儀式感，這是愛林泉的「霍亂時期的讀後感」。

**劉梓説**

18

「曾經就是擁有；當下就是永久」跟着聖華姐姐的文字看到了曾經，品讀了當下，即相識，必相惜，悦心深深。

是這二十餘篇美文，看到了更加真實的姐姐，有句話説只有活得真實和真誠，真的真才能活出真、善、美，姐姐用最真的心詮釋最真的情。

一直以來我是個注重結果的人，讀過兩位巨人姐姐系列文章後，心境豁達，原來每一件事要去享受它的過程，這一過程才是生活的桃花源，是「源」中的景，是「源」中的詩，是「源」中的月，這「源」中有真意，悦目娛心，讓人尋味！

讓無數個當下成為永久！

真希望聖華姐姐還有《談心》第二季！

**清澈**

19

對青霞姐姐的愛，始於美貌。了解青霞姐姐是從姐姐自己所著的三本書，洗盡鉛華後多了分淡定、從容和瀟灑。而您的這本《談心》讓我從「側面」更深的了解了一位名人。點點滴滴的小事更生動、完整的呈現了一個不一樣的青霞：姐姐的錯過與遺憾──〈錯過楊老〉；姐姐的細心與謙和──〈錯體郵票〉；姐姐的真誠與細心──〈在半島的時光〉；姐姐的悟性與執着──〈「還想妙得」與饒公〉等等，都在您的筆下熠熠生輝，讓人為之津津樂道，回味無窮。

俄國作家列夫托爾斯泰曾說：「多麼偉大的作家，也不過就是在書寫他個人的片面而已。」姐姐是個平凡卻又不平的人。在您的筆下，她時而俏皮，時而「膽大包天」，時而嬌羞，時而「俠肝義膽」。「完美」這個詞太過沉重，姐姐現在已經大膽的做回自己，探索新的領域，成就了另一番事業，真為她開心。在我心中青霞姐姐，早已從秧苗秀秀，一片新綠；成長為稻穗纍纍，萬頃燦金。因此，我只願她安康順遂，事事如願以償。謝謝您將姐姐的精神世界照顧的這般美好，也祝您平安康樂。

**Vi 醬**

20

起初我懷着窺私慾期待着每個週六，心想既然是與姐姐親密相交十八年的朋友，一定有許多不一般的料。作為「粉絲」的我，只想看偶像，因此當「大師篇」接連而至時我有點懵。人們都說姐姐擅交友，而「大師篇」讓我看到善交友的姐姐和聖華教授，所交之友一位比一位重磅，看得我不住咂舌的同時，也好奇：怎麼就這麼會交朋友呢？

如今再看「大師篇」，在大量文學、藝術知識以外，聖華教授和姐姐二人相攜交友的整個過程更使我獲益。在各自領域都極為傑出的兩位卻如同小兒，捧着赤子之心上前，而大師們也定是發覺兩位的好，才回以同樣的赤子之心。這並非一方施惠予另一方，而是雙方平等互望，互相討教。

《談心》一共二十三篇文章，從第三篇〈覓名師〉開始，寫讀後感的人越來越多，篇幅也越寫越長。……肯定啊！我們的讀者是林青霞和金聖華，林青霞更是會花四個鐘頭一一回覆，她甚至能挑出我們自己都沒意識到的好處，搞得我總是要根據她的回應再三細讀大家的讀後感，並不斷地覺出普通人的好，「平凡中的不凡」來。不僅如此，事後她還要追着我們問：「都看到我的回應了嗎？你們怎麼沒有反應啊？」噗！還要求我們回應她的回應呢。像這樣回應，回應的回應，回應的回應……如此延續下去，光是想想就令人忍俊不禁。你看，雖未謀面，但我們早已像老友一般了。

**不醒**

21

二〇二一年十一月，就在姐姐六十七歲生日月，金教授《談心》系列文章橫空出世，把窗裏的佳人真真切切、完完整整地呈現給了讀者，這份沉甸甸的禮物滿足了嗷嗷待哺的影迷、書迷們所有好奇與想像！再一次由衷地表示感激。

讀文章不僅能看到姐姐不為世人所知的一面，同時姐姐的緣份使我們結識了聖華姐。見字如面，聖華姐的文字如涓涓溪流，不乏「豪華落盡見真淳」的風采，在平實和綿軟的語句中透露出堅毅之力，通篇讀來猶如豪飲，令人有酣暢淋漓的感覺。聖華姐為青霞的寫作之路提供了許多無私的支持和幫助，包括但不限於為青霞引薦諸多文壇巨匠，默默陪伴和鼓勵青霞在綠茵路上穩步前行。聖華姐同姐姐如此親密無間，成了在心靈上與生活上最了解姐姐的人。如果說青霞保持美麗是對世界的使命，那麼來書寫窗裏的青霞就是聖華姐天然的「責任」啦！而我們的使命，就是來見證這份世紀浪漫的真摯友誼！

**呆子**

## 22

姐姐拍的電影橫跨文藝和武俠兩個領域，在不同時期都向我們展示了她不同的魅力，姐姐用一百部電影交上了一個吉祥而又完美的答卷，姐姐並非科班出身，這麼多不同角色的背後，自然離不開她的努力和拼搏。否則不可能出現這麼多部佳作，正如聖華教授用拼這個字來寫姐姐一樣，從她獨有的視角中，我能清楚的感受到姐姐為了拍戲，研讀劇本，體驗角色，親力親為的做好每場戲，努力為我們展現和詮釋好每個角色所做的種種努力。正是這種敬業和努力才會讓我們永遠記得，姐雖不在江湖，但江湖仍有姐的傳說。

從聖華教授的文章中了解的越多，發現又會情不自禁的多喜歡姐姐一點，姐姐從影壇到寫作，更是不同的領域，她用努力和拼搏告訴我們，想要做好一件事，堅持和努力是必不可少的兩個元素，姐姐用她的實際行動來向我們去詮釋，只要努力付出，必然會有所收穫。

聖華教授與姐姐攜手走過了十八年，互相扶持，亦閨密，亦朋友，對姐姐觀察的仔細入微，角度不同，文筆清新，感謝您又給我們了一個了解姐姐的窗口，雖然正值春意盎然的季節，卻總覺得十里春風不及你。

**望月樓**

23

「今日不知明日事，任何想法，必須得馬上坐言起行，說做就做。」二〇二一年，一個奇思妙得的 idea 在這句催生劑的作用下，於二〇二二年，一部關於林青霞與金聖華的書——《談心》——碩果豐收了。作者以她的「窗裏」視角、文字的方式牽着我們看這十八年的時光。

「一個是文筆生花（聖華），一個是美玉無瑕（青霞），若說沒奇緣，今生偏又遇見他。」這是出自《紅樓夢》的小文。世間的緣往往很難預料。在〈緣起〉與〈初次會晤〉中，我們很難不相信這兩人不是前世修來的友誼，否則怎又會兜兜轉轉牽上線？聖華教授形容青霞是「披着蝶衣的蜜蜂」，是這樣的，至少這十八年，「無形的鞭子」帶着姐姐遍訪各地名家，在「窗裏」陪着姐姐譜寫人生三部曲。在文化的修行中，她們一刻也沒停下。最感恩的是，謝謝聖華教授帶我們走進這位影壇女神的鏡後人生。

**晴鶴**

24

一生中能有幾個十八年？

青霞姐及金教授十八載的閨密情誼在這個最佳時刻，開花結果成二十二篇最真摯動人的紀實，讓只能在窗外遙望偶像的影迷如我，也聞得窗內飄來的縷縷花香。

要縮寫如此長一段回憶成幾十篇散文，金教授選題及內容剪裁的功力不言而喻。十分欣賞金教授夾敘夾抒情的質樸文字，豪華落盡見真淳，對文中許多比喻也印象深刻，例如〈緣起〉中披着蝶衣的蜜蜂、〈雙林會記趣〉中的貴妃椅實在妙哉！

《談心》可貴在展現她更日常、真性情的多重形象。她可以是一身素白便裝、積極求進的她，是身穿地攤綠衫、體貼長者的她，是一襲學袍、榮膺榮譽院士的她，如同莫內筆下光影不一的魯昂教堂，「展現了生命在光線變換的時時刻刻所呈現的永恆美」。而這樣的寫作筆法，也應用於文中的文人前輩身上。每位大師形象不同卻都同樣鮮活，讓人我在受教的同時，心中也留下無限嚮往。

總結二十二篇文章，謙遜、分享、鼓勵，是《談心》對我的啟發，也是我對青霞姐的「美」的重新詮釋。「外表的美麗令眼睛入迷，內在的美麗令心靈入迷。」

每週等待文章連載已然成為習慣，它不再只是金、林之間的談心，也成了作者與讀者雙向間的心靈交流。好神奇，在疫情肆虐的當下，人與人的距離被迫拉遠，我們與青霞姐、金教授心理上的距離卻越發靠近。謝謝《談心》的陪伴，連載雖然完結，但我們的篇章，還未完待續……

**序軒**

25

這世上每一個人身處於不同環境中都會呈現出千姿百態的不同面，而不同的人在對待相同的事物所展現出的那一面又迥乎不同。難能可貴的是，青霞姐不論對待何人何事，在她身上都透着真、帶着善、散着美，在金教授眼裏她是如此，在愛林泉的我們眼中亦是如此。

青霞姐凡事皆認真，在愛林泉裏每週一次的「讀書會」上，她都會一一翻閱泉友們的讀後感，那麼多篇她幾乎從未落下過任何一篇，並且在睡前一一給予大家暖心的回應，然後再將我們的讀後感傳給金聖華教授。用心寫出的文字富含最真摯的情感，能和仰慕崇敬的二位用心和情感來作交流，是何等幸運，又是何等幸福？於是，每個禮拜六就成為了大家最為期待的「談心」時刻。

讀完了全部《談心》系列，不僅僅是更多的了解到自己的偶像，也從中看到了她與金聖華教授之間高尚純淨的友誼，更彷彿是和自己的內心也做了一次深入的交談，對很多事情都有了更加深刻的認知和領悟。這一切都要感謝金教授賜予機會，一次和偶像談心的機會，一次和自己談心的機會。

168

26

當遇見美好，人們總會不由自主的為之駐足，記錄。遇見、相識、相知、皆是美好，而《談心》系列，大概就是聖華姐眼下的美好，筆下的浪漫。青霞姐和聖華姐走過的十八載友情歲月，歷經時間的蘊釀，越陳，越香。從文人會友到半島酒店，到半山書房，記錄了兩人的友情線，這「途中」彼此分享喜悅，分擔憂愁，互相成就，互相支撐，我能讀懂你的眼神，你能明白我的心事，這便是友情，是永遠讓彼此依靠和停泊的港灣。人生旅途中能遇上靈魂相契的友人，何其幸運。

我想大多數「初識」青霞姐的人，是源於那百部電影，而「再識」青霞必然是那三部作品，是聖華姐以友人視角帶我們一起見證了青霞姐的創作之路，也印證了那句古話，「道阻且長，行則將至」。

你們就如黑夜裏的兩顆星，在這星光燦爛的夜空中，相互照耀，相互輝映。聖華姐有一顆溫柔的內心，一雙善於發現的慧眼，你們的故事裏承載了太多溫馨，真摯。「人之相識，貴在相知，人之相知，貴在知心」。由衷的祝願兩位女神友誼長存，繼續在熱愛的世界裏閃耀發光！

**滾哥的小可愛**

27

《談心》與我緣份不淺。金教授的文章開始連載時，文字與現實中，這才真真切切與林青霞交上了朋友！十年間僅有一面之緣，自以為戀時長久看全了千百個林青霞，卻不知聖華妙筆生花，她早已蛻變成「披着蝶衣的蜜蜂」。接着容我「膽大包天」地談一談金教授的寫作手法！〈覓名師〉尾段提及教授將自己從事翻譯和文學創作之路上的前輩先驅介紹給青霞，引發了一段段文壇佳話，這是金教授重點着墨的內容，主寫大師風采，側面着色青霞的求學成長之路，最後幾篇才將燈光聚集到主人翁身上，於高潮處收尾，實在酣暢淋漓、回味無窮！金教授筆下文字的代入感自不用多言，好幾次讓我產生與青霞本尊對話的幻覺，心旌狂擺、心潮澎湃，獨個在家癡笑。另有一層感覺，彷彿筆者是我們的老師，每週上一堂文學課：大師們的寫作竅門、文學知識、生僻詞語教學。顧不上才疏學淺惹人笑，簡直和以往上學一樣，拿出彩筆寫詞語注釋、劃重點句子，記不住的往筆記本上謄寫，儼然好學生模樣。更是常因教授之文，引發人生思考。

《談心》是一部充滿了奮鬥和溫情的浪漫史，作為見證人倍感榮幸，在本書誕生的過程中被「愛意」滿滿包圍：親情、友情、師生情、慈悲心，通通化為文學之大愛，向着世間美好出發！因為金教授和青霞姐的一拍即合，我正在寫最喜歡的人，我們通過文字交心，還有比這更幸福的嗎？

**小河**

28

多虧了金教授的這一番用心，我們不僅了解更多青霞姐的不同面貌，也領受了各界名師巨匠別出一格的感知和視界，不是這樣鉅細靡遺的描述，有些就是讀遍了他們的作品和相關文獻，也未必能有機會領受。

我很羡慕這樣深刻交心和互給養份和支持的友誼，是要有多深的緣份，或者不只是十年或百年能修得的吧。

從金教授的文字裏、從青霞姐對事對人對學習的態度、從諸位大師的人生智慧、和出色的夥伴們的回響裏，同樣也獲益良多，也是一趟奇妙的旅程啊。

**寂寞三樓的亦菲**

29

因為姐姐，認真地讀了所有金聖華教授寫給姐姐的每一篇文章！看着金教授記錄的和姐姐的十八年，彷彿是我和姐姐也相處了十八年！最好的歲月，最美的時刻，最難忘的記憶！因為金教授，讓我們一起經歷過，體驗過，讓我們倍感珍惜！

在金教授的筆下更是讓我看到了不一樣的姐姐！影視作品中讓我愛到無法自拔，現實中給我方向！在沒看完所有文章之前，我只覺得您是那離我遠不可及的女神，但現在，或者說從我正式進入愛林泉那天開始，才清楚或者是明白了，您是那麼的「接地氣」！在這裏更是收到了最珍貴的祝福！姐姐只管做自己喜歡的事，我們永遠都在愛林泉等您來！

**雪**

30

網路上有一句話：「把日子過成詩」。我個人很贊成這種生活態度，類似於一朵花，一株苗，一棵樹，選擇了陽光雨露，它們長大、開花、結果，積極地回應時間。

金聖華教授的實錄文章集《談心》，也像一本詩集，生動詳實地記錄了十八年以來，青霞姐從璀璨斑斕的戲劇界巨星，華麗轉身進入質樸歸真的文學界并投身於寫作之路的歷歷往事。雖說是往事，但那每一楨，都充滿了愛與營養，滋潤着讀者的心田。

我喜歡金教授的這種實在又真切的文字。做為讀者，我也深深地被青霞姐的謙虛勤勉，充滿愛與積極的情緒所鼓勵；也羡慕着金教授與青霞姐之間簡單又有力量的知己姐妹情深。

當下，太多嘩眾取寵但實則毫無價值的資訊，借助着五花八門的媒體在高調出現，它們無孔不入，蠶食着人們的時間。每每意識到這個問題，我都更加為金教授所感動，若沒有金教授的苦心整理，若沒有青霞姐對自己的嚴格要求，就沒有這本《談心》實錄，讀者也沒有機會從中汲取生活的智慧與積極的能量。

謝謝金教授、謝謝青霞姐、感恩遇見，有你們真好！

**魯魯霞**

31

天下無不散之筵席，依依不捨讀完了這篇後記，才突然感悟之前金教授的一篇篇佳作如同漫天繁星，此刻終於彙集成璀璨的星海。

感謝金教授細緻地展現了姐姐寫作的進階過程，一篇一篇讀下來，使人收穫滿滿。金教授文章中曾多次提到姐姐拜訪名家，博采眾長的經歷亦對大眾特別是文學愛好者有所啟迪。

金教授不僅記錄了姐姐創作經歷，文中更穿插「情」字，這十分契合談心的主題，情由心而發，談心亦少不了情字。

金教授與姐姐十八年的友情令人豔羨，此外我印象最深的是姐姐對老者的關懷之情，無論是握住季老手的那一瞬間，還是為金教授兒子示範如何攙扶老人的時刻，想必都是令人難忘記憶。

姐姐創作中的勤勉同樣令人印象深刻，一篇文章常常要修改數遍以上，修改過程中往往牽一髮而動全身，確是十分辛苦的過程。

為了《談心》順利完稿，金教授全身心得投入創作，把她與姐姐的真心盡可能完全展現，給予讀者啟示和宛如與名人面對面談心的美妙體驗，對讀者來說絕對物超所值。

雖然《談心》暫時落下帷幕，但金教授與姐姐的人生卻仍在上演精彩的故事。

**相見**

# 鳴謝

首先，《談心》系列的出版，從構思，撰寫，完稿，一路走來，若非好友林青霞日以繼夜的鼎力支持，悉心相助，絕難成事，這本書，可說是我倆共同催生的作品。青霞不但在忙中賜序，還要督導「愛林泉」的影迷群撰寫「讀後感」，再花時間一一回應，若要言謝，怎麼說也說不完了。

本書承蒙白先勇教授賜予長序，感激不盡！白老師年初傷腰，這篇序言，是他忍著腰疼於無數夜晚伏案完成的。再說，他至今撰稿仍然一個字一個字親筆在紙上寫出，那五千二百零八字的鴻文，情真意摯，字字都透顯出對我與青霞的勖勉與關懷，這本小書，有了他惠贈序言，意義大不相同。

本書承蒙張叔平先生義務設計封面，並對內頁編排提出寶貴意見，使全書平添雅致風韻，特此致以最懇摯的謝意。

本書「後記篇」後，刊登了金耀基教授惠賜的贈言：「當下就是永久；曾經就是擁有」。金公的墨寶，筆力清勁，峻拔不凡，所贈金句，更讓二十三篇的《談心》系列，增添了延綿不絕的意蘊。特此致以深切的謝意。

本書經林青霞推薦，得以與台灣時報出版公司結緣，時報出版一向信譽超卓，聲名遠播，能與之合作，誠為幸事，特此致謝。

愛林泉的朋友們，為了《談心》一書，先後撰寫了幾百篇文情並茂的「讀後感」，讀之令人動容，在本書之後，特選其中三十一篇的精彩片段，以饗讀者，並在此向年輕的撰稿群致以真誠的感謝。

本書撰寫過程中，凡是遇到與電腦技術有關的問題時，總有年輕的友人拔刀相助，解決難題，例如廖建基、陳妙芳、汪卿孫等各位朋友，在此一併致謝。

金聖華

二〇二二年三月二十九日

PEOPLE 485
**談心——與林青霞一起走過的十八年**
作者　金聖華
責任編輯　郭坤輝
編輯協力　謝翠鈺
企劃　陳玟利、鄭家謙
設計顧問　張淑平
美術編輯　郭志民

董事長　趙政岷
出版者　時報文化出版企業股份有限公司
108019 台北市和平西路三段二四〇號七樓
發行專線 | (〇二)二三〇六六八四二
讀者服務專線 | 〇八〇〇二三一七〇五 | (〇二)二三〇四七一〇三
讀者服務傳真 | (〇二)二三〇四六八五八
郵撥 | 一九三四四七二四時報文化出版公司
信箱 | 一〇八九九　台北華江橋郵局第九九信箱
時報悅讀網　http://www.readingtimes.com.tw
法律顧問　理律法律事務所 | 陳長文律師、李念祖律師
印刷　和楹印刷有限公司
初版一刷　二〇二二年七月一日
定價　新台幣五〇〇元


談心——與林青霞一起走過的十八年/金聖華作. --
初版. -- 臺北市 : 時報文化, 2022.7
面 ; 公分(People ; 485)

ISBN 978-626-335-541-5(平裝)

855　111008244

本書設計由天地圖書授權時報文化出版企業股份有限公司使用
ISBN 978-626-335-541-5
Printed in Taiwan